EL CLUB de LAS BABY-SITTERS

¡BUENA IDEA, KRISTY!

DE LA AUTORA DE *¡Sonríe!*

RAINA TELGEMEIER

EL CLUB de LAS BABY-SITTERS

¡BUENA IDEA, KRISTY!

BASADO EN LA NOVELA DE

ANN M. MARTIN

MAEVA young

Título original: *The Baby-sitters Club – Kristy's Great Idea*
Texto: © Ann M. Martin, 2015
Ilustraciones: © Raina Telgemeier, 2015
Traducción: Jofre Homedes Beutnagel, 2018

© MAEVA EDICIONES, 2018
Benito Castro, 6
28028 MADRID
www.maevayoung.es

Edición de venta exclusiva en USA distribuida por LECTORUM

ISBN: 978-84-17708-11-5
Depósito legal: M-34.336-2018

Adaptación de cubierta e interiores: Gráficas 4
Impresión: Macrolibros
Impreso en España / Printed in Spain

Este libro se ha elaborado con papel procedente de bosques gestionados de forma sostenible, reciclado y de fuentes controladas, avalado por el sello de PEFC, la asociación más importante del mundo para la sostenibilidad forestal.

MAEVA desea contribuir al esfuerzo colectivo y permanente de proteger y preservar el medio ambiente y nuestros bosques con el compromiso de producir nuestros libros con materiales responsables.

Este libro es para Beth McKeever Perkins, mi antigua amiga baby-sitter.
Con cariño (y muchos años de recuerdos).

A. M. M.

Gracias a mi familia y mis amigos, KC Whiterall, Marisa Bulzone, Jason Little, Ellie Berger, Jean Feiwel, David Saylor, David Levithan, Janna Morishima, Cassandra Pelham, Phil Falco, Braden Lamb y mis compañeros en el oficio del cómic. ¡Y a A. M. M., por haber sido una inspiración!

R. T.

KRISTY THOMAS
PRESIDENTA

CLAUDIA KISHI
VICEPRESIDENTA

MARY ANNE SPIER
SECRETARIA

STACEY MCGILL
TESORERA

CAPÍTULO 1

EL CLUB DE LAS BABY-SITTERS. ESTOY ORGULLOSA DE HABER TENIDO LA IDEA YO SOLA, AUNQUE LA ACABÁRAMOS DE PERFILAR LAS CUATRO JUNTAS.

«LAS CUATRO» SOMOS MARY ANNE SPIER, CLAUDIA KISHI, STACEY MCGILL Y YO, KRISTY THOMAS.

TODO EMPEZÓ EL PRIMER MARTES DE PRIMERO DE SECUNDARIA...
INSTITUTO DE STONEYBROOK
BIENVENIDOS, ALUMNOS

QUÉ... CALOR...

¡RIIIING!
¡¡¡HURRA!!!

EJEM

KRISTY...

... ESTO... CHICOS...

YA TENÉIS VUESTROS DEBERES. PODÉIS IROS. KRISTY, CONTIGO QUIERO HABLAR UN MOMENTO.

¿... SEÑOR REDMONT?

LO SIENTO MUCHO. LO HE DICHO POR DECIR. EN FIN...

NO QUERÍA DECIR QUE ESTUVIERA **CONTENTA** DE ACABAR LA CLASE, SINO DE PODER IRME A MI CASA, PORQUE TENEMOS AIRE ACONDICIONADO...

YA, KRISTY, PERO ¿CREES QUE EN ADELANTE PODRÍAS TENER UN POCO MÁS DE DECORO?

¿... «DECORO»?

¡¡¡HURRA!!!

SÍ, SEÑOR.
MUY BIEN.

NO QUIERO QUE TE OLVIDES DE LO OCURRIDO, Y LA MEJOR MANERA DE ACORDARSE DE LAS COSAS ES ESCRIBIRLAS.

ASÍ QUE ESTA NOCHE QUIERO QUE ESCRIBAS UNA REDACCIÓN DE CIEN PALABRAS SOBRE LA IMPORTANCIA DEL DECORO EN EL AULA.

VAYA.
SÍ, SEÑOR.

HOLA.

MARY ANNE, ¿CÓMO QUIERES PINTARTE ALGUNA VEZ LAS UÑAS, TRATÁNDOLAS ASÍ?

¡PERO QUÉ DICES! CUANDO ME DEJE PINTÁRMELAS MI PADRE, TENDRÉ 75 AÑOS.

MARY ANNE SPIER ES MI MEJOR AMIGA.

ES MUY CALLADA Y TÍMIDA. SEGÚN MI MADRE ES POR LO NERVIOSO QUE ES EL SEÑOR SPIER. LA MADRE DE MARY ANN MURIÓ CUANDO ELLA ERA MUY PEQUEÑA.

MARY ANNE ES HIJA ÚNICA Y SU PADRE NO TIENE A NADIE MÁS.

EN SU CASA TODO SON REGLAS, REGLAS Y MÁS REGLAS. AUNQUE DE ESO A...
¡¡DIOS MÍO!!

¡¿QUÉ PASA?!

¡¡ES MARTES!!
RCA
DESCARG

¡¿Y QUÉ?!
¡NO CORRAS, KRISTY, QUE HACE MUCHO CALOR!

¡IMPOSIBLE!

¡LAS TARDES DE LOS MARTES CUIDO A DAVID MICHAEL...

... Y TENGO QUE LLEGAR A CASA ANTES QUE ÉL!

MIS HERMANOS MAYORES, SAM, CHARLIE Y YO, CUIDAMOS UNA TARDE A LA SEMANA DE DAVID MICHAEL, QUE ES EL PEQUEÑO.

BUF
BUF

¿DAVID MICHAEL?

¡¡BUAAA!!

¿QUÉ TE PASA?

¡NO PUEDO ENTRAR!

¿Y TU LLAVE?
NO LO SÉ.

BUENO...

NO PASA NADA.

¡¡SÍ!!

SÍ QUE PASA.

¡NO PODÍA ENTRAR, Y TENGO QUE IR AL LAVABO!

CUANDO DAVID MICHAEL SE PONE ASÍ, LO MEJOR ES HACER COMO SI NO LLORARA Y NO PASARA NADA.

¡¡GUAU!! ¡¡GUAU!!

¡HOLA, LOUIE!
¡GUAU! ¡GUAU!

MIENTRAS VAS AL LAVABO HARÉ LIMONADA PARA TODOS, ¿VALE?

¡¡VALE!!

CLIC

RRRRRRRRR

OYE...

LA SEÑORA NEWTON ME PIDIÓ QUE HICIERA ESTA TARDE DE BABY-SITTER CON JAMIE... **YO** NO PODÍA, CLARO...

¿NO TE LLAMÓ DESPUÉS A **TI**?
CLOC

NO...

PUEDE QUE LLAMARA A CLAUDIA.

PLOSH

¡AQUÍ TIENES!

¡¡HOOOLA!!

HOLA, CHARLIE.
HOLA A TODOS. HOLA, MOCOSO.

NO SOY NINGÚN MOCOSO.

SAM Y YO VAMOS A CASA DE LOS HANSON A JUGAR CON LA PELOTA. ¿VIENES, KRISTY?

NO SÉ... HABÍA PENSADO IR CON MARY ANNE Y DAVID MICHAEL AL RÍO.

¿TE APETECE REMOJARTE UN POCO, DAVID MICHAEL?
SÍ
SÍ

¡¡LUEGO NOS VEMOS!!
¡PLAM!

A LAS NUEVE, ¿VALE?
VALE.

¡YA ESTOY EN CASA, CHICOS!
PIZZA

SHS
VARSITY

A SABER QUÉ QUERRÁ...
SÍ...
SHS
VARSITY

¿POR QUÉ HAS TRAÍDO PIZZA, MAMÁ?
!

KRISTYYY...
VENGA, DI, ¿QUÉ NOS QUIERES PEDIR?
PIZZA

VARSIT
SHS

BUENO, VALE. ME HA LLAMADO KATHY AL TRABAJO PARA DECIRME QUE MAÑANA NO PODRÁ QUEDARSE CON DAVID MICHAEL. QUERÍA SABER CÓMO LO TENÉIS PARA...
ENTRENA-MIENTO.
CLUB DE MATES.
BABY-SITTER EN CASA DE LOS NEWTON.

VAYA.

PERO LO SENTIMOS, ¿EH?
YA LO SÉ.

¿MARY JANE? SOY LA SEÑORA THOMAS.

BUSCO BABY-SITTER PARA MAÑANA POR LA TARDE...

¿YA VAS A CASA DE LOS PIKE? VALE.

HOLA, ¿CLAUDIA?

¿CLASE DE DIBUJO? BUENO.

¿HOLA? ¿CYNTHIA?

¿ENTRENAMIENTO DE ANIMADORA?

FUE CUANDO SE ME OCURRIÓ.

¡BUENA NOTICIA! KRISTY, LA SEÑORA NEWTON DICE QUE MAÑANA, CUANDO CUIDES A JAMIE, PUEDES LLEVARTE A DAVID MICHAEL.

¿... KRISTY?
AH, MUY BIEN, MAMÁ... PERDONAD, AHORA VENGO.

CAPÍTULO 2

ras ras

DICCIONA

DICCIONARIO
15ª Edición

DECORO...
DECORO...
DICCIONARIO

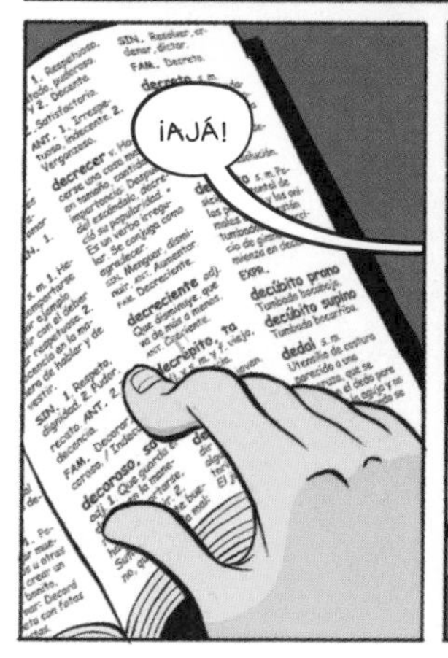
¡AJÁ!

¿?

RESPETO...
DIGNIDAD...
AH.

HE SIDO **MALEDUCADA.**
¿POR QUÉ NO ME LO HA DICHO EL SEÑOR REDMONT?

...96...97... **98.**

FIN

BUENO, **UNA** COSA MENOS...

El Club de las Baby-sitters

① Miembros
-Yo
-Mary Anne
-Claudia
-¿Quién más?

② Publicidad
-Folletos
-¿Prensa?
-Teléfono

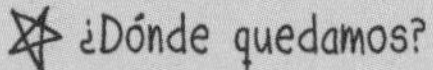

3 Fijar horas de reunión para que puedan llamar los clientes y pedir Baby-sitter.
¿Dónde quedamos?
TOC TOC

¡ADE-LANTE!

HOLA, CARIÑO.

¿QUÉ TAL EL INSTITUTO?
...

¿... KRISTY?
BIEN.
¿A VER, QUÉ HA PASADO?

PUES... SABES QUE HOY HA HECHO MUCHO CALOR, ¿NO? Y QUE LOS DÍAS DE CALOR A VECES SE HACEN MUY LARGOS, ¿NO?

VE AL GRANO, KRISTY.

LO VEO
MUY BIEN,
KRISTY.
¿TÚ CREES QUE
PASA ALGO POR
QUE LA PALABRA 100
SEA «FIN»?

ESPERO
QUE NO.

OHH...
¡LAS NUEVE!

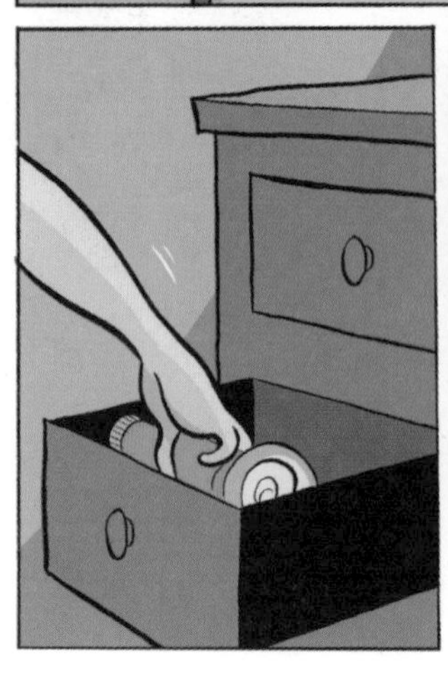

CLIC

«TENGO IDEA BUENÍSIMA PARA CLUB DE BABY-SITTERS. TENEMOS QUE HABLAR. IMPORTANTE. NO PUEDE ESPERAR. PODEMOS CONSEGUIR MUCHO TRABAJO.»

«¿QUÉ?»

«TENGO IDEA. CLUB DE BABY-SITTERS. TENEMOS...»

«GENIAL.
HASTA MAÑANA.»

TOC
TOC
¿ADE-
LANTE?
CLIC

SOLO QUERÍA
DECIRTE QUE...

EL SÁBADO
POR LA NOCHE
SALGO CON
WATSON.
¡EIN!

NO TE ESTOY PIDIENDO
PERMISO, KRISTY. SOLO QUIERO
QUE PUEDAS ORGANIZARTE
SABIENDO QUE EL SÁBADO
SALDRÉ.

CHARLIE
TIENE PLANES,
PERO SAM ESTARÁ
EN CASA.
MM.

ME GUSTARÍA QUE FUERAS
MÁS COMPRENSIVA CON
LO DE WATSON.
NUNCA TE OBLIGARÍA A
ACEPTARLE, PERO PODRÍAS
PONER ALGO DE TU PARTE.

OTRA COSA...

ESTE FIN DE SEMANA LE TOCAN A WATSON LOS NIÑOS, Y EL SÁBADO POR LA MAÑANA TRABAJA...

ME HA PREGUNTADO SI PODRÍAS HACERLES DE BABY-SITTER A ANDREW Y KAREN MIENTRAS ESTÁ EN LA OFICINA.

NI HABLAR. ¿POR QUÉ SIEMPRE ME LO PIDES?
NO QUIERO CUIDAR A LOS HIJOS DE WATSON.
NO QUIERO NI CONOCERLOS.
NUNCA.

VALE... TÚ DECIDES.
¿TE ACOSTARÁS PRONTO?

SÍ.
PUEDES DEJAR LA PUERTA ABIERTA.

JO...
¿Y SI MAMÁ SE
CASA CON WATSON?

SHS
SONRISAS
Pasta

SHS

ASÍ YA
SOMOS
FELICES.
SHS

CAPÍTULO 3

AL DÍA SIGUIENTE...
Kristy Thomas
Decoro
En clase siempre es
importante portarse con
decoro. Decoro significa ser
educado con los demás
alumnos, respetar al profesor y
mostrar la debida
durante la clase. Los
por ejemplo, siempre tienen
quedarse sentados hasta que
el timbre, y no prepararse
para salir de clase. Tienen que
esperar a que les dé permiso el
profesor, y levantar la mano
quieren hablar. Tienen que
en el pupitre. También
que decir «por favor»
En conclusión, el
para que el profesor
el orden dentro
la clase.
FIN

Decoro
FIN

ESTÁ MUY BIEN, KRISTY. TE EXPRESAS MUY BIEN POR ESCRITO.

MÁS TARDE
¿HOY HACES DE BABY-SITTER PARA LOS PIKE?
¡SÍ!

¿PARA CUÁNTOS?
DOS. CLAIRE Y MARGO.

PUES DEBERÍAS TRAERLOS A CASA DE LOS NEWTON... ASÍ PODRÁN JUGAR CON JAMIE Y DAVID MICHAEL.

¡GENIAL! Y ASÍ ME CUENTAS LO DEL CLUB DE LAS BABY-SITTERS.
¡VALE! NOS VEMOS ALLÍ.

POCO DESPUÉS...
¡DING DONG!

¡¡HOLA, HOLA!!
¡HOLA, JAMIE!

¡MIRA LO QUE TENGO!
¡¿UN G.I. JOE?!

¿TIENES ALGUNO MÁS?
¡CLARO! ¡VEN!

QUÉ SUERTE QUE HAYA G.I. JOES.

PERDONA QUE TRAIGA A DAVID MICHAEL, AUNQUE PARECE QUE NO HABRÁ PROBLEMA.

SEGURO QUE NO. MÁS VALE QUE JAMIE SE ACOSTUMBRE A ESTAR CON OTROS NIÑOS.
¿CUÁNTO FALTA PARA QUE NAZCA?
UNAS OCHO SEMANAS.

¡OJALÁ SE DÉ PRISA!
¡OJALÁ!

... AL MÉDICO Y UN PAR DE ENCARGOS... PARA LAS 5:30 DEBERÍA HABER VUELTO.
VALE, A LAS 5:30.

¡HOLA!

¡HOLA!

¡BUENO, EXPLÍCAME LO DEL CLUB DE LAS BABY-SITTERS!

PUES SE ME HA OCURRIDO QUE PODRÍAMOS JUNTARNOS CON OTRAS CHICAS QUE HAGAN DE BABY-SITTER...

... Y FORMAR UN CLUB.
UNA ESPECIE DE EMPRESA.

¡PUM!
¡JAMIE!
¡BUAAA!

¿DÓNDE TE DUELE?

¿EN TODAS PARTES?
... SÍ

MEJOR NOS VAMOS.
VALE.

OYE, EXPLÍCALE LA IDEA A CLAUDIA. QUEDAMOS EN VERNOS EN SU CASA CUANDO HAYAMOS ACABADO.
PARA ENTONCES YA HABRÁ VUELTO DE SU CLASE DE DIBUJO.
VALE... HASTA LUEGO.

AL RATO...

¡CLAUDIA!

¡PERO QUÉ CARA! PARECE...

... QUE TE HAYAS MAQUILLADO PARA EL CIRCO. ¡POR LOS **COLORES**, DIGO!
MUCHAS **GRACIAS**.

NO, EN SERIO, CLAU... A TI NO TE HACE **FALTA** MAQUILLARTE. CON LO GUAPA QUE ERES...

DÉJALO

¿MAÑANA IRÁS ASÍ AL INSTITUTO?
SI ME DEJAN...
VEN A SALUDAR A MI ABUELA.

HOLA, MIMI.
¡KRISTY! QUÉ ALEGRÍA VERTE.
VAMOS ARRIBA.

PARECE QUE CLAUDIA ESTÁ CRECIENDO MÁS DEPRISA QUE MARY ANNE Y QUE YO...

MM... ¿Y TU HERMANA?

¿LA GENIO?
ESTUDIANDO EN ALGÚN SITIO, SUPONGO. COMO SI JANINE HICIERA OTRA COSA.

EN UNOS MINUTOS LLEGARÁ MARY ANNE. HE TENIDO UNA IDEA BUENÍSIMA QUE QUIERO CONTAROS A LAS DOS.

¿¿QUÉ ES??

UN CLUB DE BABY-SITTERS.
¿UN CLUB DE BABY-SITTERS?

SÍ, YA TE LO EXPLICARÉ CUANDO...
¡DING DONG!

¡HOLA A LAS DOS!

BUENO, KRISTY... EXPLÍCANOS TU IDEA.

PUES... COMO YA HACEMOS TODAS DE BABY-SITTER, HE PENSADO QUE PODRÍAMOS UNIRNOS.

PODRÍAMOS ANUNCIARNOS Y CONSEGUIR MÁS CLIENTES.

DEBERÍAMOS JUNTARNOS UN PAR DE VECES POR SEMANA, Y DECIRLES A LOS CLIENTES A QUÉ HORA SON LAS REUNIONES...

ASÍ PODRÍAN LOCALIZARNOS A TODAS CON SOLO UNA LLAMADA.
¡MOLA!
¡GENIAL!

¿QUE LA SEÑORA PIKE QUIERE **DOS** BABY-SITTERS, POR EJEMPLO? PUES SOLO TIENE QUE LLAMAR UNA VEZ.
¡EXACTO!

SOLO HABRÍA QUE PENSAR DOS COSAS MÁS:

UNO, ¿DÓNDE NOS REUNIMOS?

Y DOS, ¿A QUIÉN MÁS LE PEDIMOS QUE SE UNA AL CLUB?

YO PUEDO CONTESTAR A LAS **DOS** COSAS.

LAS REUNIONES DEBERÍAN SER AQUÍ, PORQUE TENGO TELÉFONO EN MI CUARTO.
¡GENIAL!

Y CONOZCO A ALGUIEN QUE PODRÍA QUERER UNIRSE AL CLUB.
¿QUIÉN?

ES NUEVA. ACABA DE INSTALARSE EN STONEYBROOK. VIVE AQUÍ MISMO, EN FAWCETT AVENUE, VAMOS JUNTAS A UNA CLASE. SE LLAMA STACEY MCGILL.

BUENO, VALE... AUNQUE TENDREMOS QUE CONOCERLA, CLARO.

CLARO. OS CAERÁ GENIAL. ES DE NUEVA YORK.

¿QUEDAMOS TODAS AQUÍ MAÑANA A LAS 5:30?

ME PARECE BIEN. ¡HASTA MAÑANA!

El Club de las Baby-sitters
① Miembros
-Yo
-Mary Anne
-Claudia
-¿Quién más? LA NUEVA: Stacey McGill
② Publicidad
-Folletos
-¿Prensa?
-Teléfono.
③ Fijar horas de reunión para que puedan llamar los clientes y pedir baby-sitter.
¿Dónde quedamos?
¡EN LA HABITACIÓN DE CLAUDIA!

CAPÍTULO 4

AL DÍA SIGUIENTE...

¡HOLA, CLAU!... HOY NO TE HAS MAQUILLADO, ¿EH?

NO ME HAN DEJADO MIS PADRES.
¡PERO LLEVAS LAS CALAVERAS!

ME LAS HE PUESTO AL LLEGAR AL INSTITUTO. AHORA EL ÚNICO ADULTO QUE HAY EN CASA ES MIMI, Y A ELLA LE DA IGUAL QUE ME PONGA CALAVERAS.
¡¡QUÉ MALA!!

YA HA LLEGADO STACEY. AH... Y TAMBIÉN ESTÁ JANINE.
¡BUF!

Y TIENE LA PUERTA ABIERTA...
AH, HOLA, KRISTY.

YA ME PARECÍA HABER OÍDO VOCES.
HOLA, JANINE.

CLAUDIA ME HA CONTADO LO DEL CLUB DE LAS BABY-SITTERS, Y ME PARECE UNA IDEA EXCELENTE.
BUENO, YO ESPERO DE QUE...

KRISTY, SE ESTÁ EXTENDIENDO MUCHO EL ERROR DE DECIR «DE QUE» EN VEZ DE «QUE», Y ES ALGO QUE EMPOBRECE MUCHO...

... EL IDIOMA. YO, EN TU LUGAR, INTENTARÍA...
BUENO, TENGO QUE IRME, JANINE, QUE NOS ESTÁ ESPERANDO STACEY.
¡HASTA LUEGO!

¡DING DONG!
¡ES MARY ANNE! YA ABRO YO, CLAU.

¡NO MIRES HACIA EL CUARTO DE JANINE!

¡UF!
PLAM

CHICAS, ESTA ES STACEY MCGILL.
STACEY, TE PRESENTO A MARY ANNE SPIER Y KRISTY THOMAS.

¡HOLA!

HOLA.

CLAUDIA, ¿YA LE HAS CONTADO A STACEY LO DEL CLUB?

SOLO LO QUE DIJIMOS AYER.

¿EN NUEVA YORK HACÍAS DE BABY-SITTER?
UY, MIL VECES.

VIVÍAMOS EN UN EDIFICIO MUY GRANDE, CON MÁS DE DOSCIENTOS APARTAMENTOS.
¡VAYA!

PONÍA ANUNCIOS EN LA LAVANDERÍA Y NO PARABAN DE LLAMARME.
LOS VIERNES Y SÁBADOS POR LA NOCHE PUEDO QUEDARME HASTA LAS 10:00.

¡MOLA!

ME ENCANTARÍA ENTRAR EN EL CLUB. EN STONEYBROOK AÚN NO CONOZCO A MUCHA GENTE.

TAMPOCO ESTARÍA MAL GANAR ALGO DE DINERO... LA ROPA ME LA COMPRAN MIS PADRES, PERO EL RESTO NO.

¿POR QUÉ OS HABÉIS IDO DE NUEVA YORK?

BUENO...

ES QUE MI PADRE HA CAMBIADO DE TRABAJO. **¡CARAY!** ¡CUÁNTOS PÓSTERS, Y QUÉ CHULOS, CLAUDIA!

GRACIAS. ESOS DOS LOS HE HECHO YO. SON SERIGRAFÍAS.

JO, YO SI VIVIERA EN NUEVA YORK NO ME IRÍA POR **NADA.**

CUÉNTAME CÓMO ES VIVIR EN NUEVA YORK. ¿TU ESCUELA CÓMO ERA?
PUES... IBA A UNA PRIVADA.

¿TENÍAS QUE IR CON UNIFORME?

NO, PODÍAMOS LLEVAR ROPA NORMAL.
¿CÓMO IBAS A LA ESCUELA?
EN METRO.
¡GENIAL!

BUENO, VOLVIENDO AL CLUB DE LAS BABY-SITTERS...

YO LO QUE CREO ES QUE HABRÍA QUE HACER DOS LISTAS.

UNA DE REGLAS Y OTRA DE...
¿ENTONCES YA ESTOY EN EL CLUB?

PUES SÍ.

¡¡QUÉ BIEN!!

FRUS-FRUS

¡ESTO HAY QUE CELEBRARLO!

MM...
AZÚCAR

ES QUE... SOLO TE QUEDAN CINCO.

TRANQUILA, QUE TENGO MUCHAS COSAS ESCONDIDAS.

MIS PADRES NO LO SABEN.
NO, GRACIAS.

ES QUE ESTOY... A RÉGIMEN.

¿¿QUÉ??

¡PERO SI YA ESTÁS MUY FLACA! ¿CUÁNTO PESAS?
¡KRISTY!

HACER RÉGIMEN SIN QUE HAGA FALTA ES PELIGROSO.

LO DICE MI MADRE. ¿LA TUYA SABE QUE HACES RÉGIMEN?

BUENO...
¿LO VES? SEGURO QUE NO.

¡¡LAS 6:10!! OH, NO. A PAPÁ LE DA MUCHA RABIA QUE LLEGUE TARDE... TENGO QUE IRME.

¡¡ESPERA, NO HEMOS ACABADO DE PLANIFICAR!! QUEDAMOS MAÑANA DESPUÉS DE COMER EN EL CAMPO DE TETHERBALL.

¡VALE, HASTA ENTONCES!

VIERNES A LA HORA DE COMER

STACEY Y CLAUDIA ESTARÁN AL CAER.

PAM

¡ZAS!

AHORA QUE ESTAMOS TODAS...

... PODEMOS HABLAR DE LA SIGUIENTE FASE DE NUESTRO PLAN.

PUBLICIDAD. LA GENTE TIENE QUE ENTERARSE DE LO QUE HACEMOS. LA MANERA MÁS FÁCIL SERÍAN UNOS FOLLETOS.

PODEMOS DISEÑAR UN ANUNCIO BONITO, Y LO FOTOCOPIARÍA MI MADRE.

LUEGO PODEMOS LLENARLO TODO DE CARTELES Y FOLLETOS HASTA DONDE PODAMOS LLEGAR EN BICI.

A TI TU PADRE TE DEJARÍA HACER DE BABY-SITTER EN OTRO BARRIO, ¿NO?

MIENTRAS NO SEA **DEMASIADO** LEJOS, DIGO.
SUPONGO.

MUY BIEN. AHORA...

EL NOMBRE YA LO TENEMOS: **EL CLUB DE LAS BABY-SITTERS.** ¿CREÉIS QUE TAMBIÉN NECESITAMOS ALGÚN LOGO?

NO SÉ, COMO EL DE LAS GALLETAS DE LAS GIRL SCOUTS, O EL SOL DEL MEMBRETE DEL PAPEL DE LA EMPRESA DE MI MADRE...

¡ESO! PODRÍAMOS PONERLO EN LA PARTE DE ARRIBA DE LOS FOLLETOS.

CLAUDIA, PODRÍAS DIBUJARNOS TÚ ALGO.

NO SÉ...

PERO SI ERES UNA GRAN ARTISTA. SABES DIBUJARLO TODO.
YA SÉ QUE NO DIBUJO MAL, PERO... NO SE ME DAN BIEN LOS LOGOS, Y TODAS ESAS COSAS. ESO LO HACE MEJOR JANINE.

OLVÍDATE DE JANINE.

BUENO, A VER SI SE NOS OCURRE ALGÚN LOGO. SOMOS UN CLUB. TENEMOS QUE DECIDIR ENTRE TODAS.

A VER, ¿QUÉ USAMOS?
PUES...

PODRÍA SER ALGO RELACIONADO CON HACER DE BABY-SITTER...

... COMO UN NIÑO, O UNA MANO TENDIDA.

¿Y UN CUBO DE ESOS DE LETRAS, CON NUESTRAS INICIALES?

QUEDARÍA MONO, PERO SOMOS CUATRO. Y NO SE PUEDEN VER MÁS DE TRES CARAS DE UN CUBO A LA VEZ...

¡UN MOMENTO!

YA LO TENGO... PODRÍA DIBUJAR ALGO ASÍ...

EL CLUB
de
LAS BABY-SITTERS

¡OH!
¡ES PERFECTO, CLAUDIA! ¡FABULOSO!
¡ES VERDAD!

VAYA... TENEMOS QUE VOLVER A CLASE.

ESTE FINDE... ¡TRABAJAREMOS EN EL CLUB DE LAS BABY-SITTERS!

CAPÍTULO 5

EL SÁBADO
¿HOLA? ¿SEÑORA PIKE? SOY KRISTY THOMAS. ¡QUERÍA EXPLICARLE UN NEGOCIO QUE ESTOY MONTANDO!

¿SEÑORA NEWTON? SOY MARY ANNE SPIER. ¡KRISTY HA TENIDO UNA IDEA GENIAL!

¿HOLA? ¿SEÑORA SMITH? SOY CLAUDIA KISHI, SU VECINA...

¿HOLA? ¿ES EL STONEYBROOK NEWS? QUIERO PONER UN ANUNCIO ESTA SEMANA EN EL PERIÓDICO.

¿EL MIÉRCOLES? ¡PERFECTO!

¡QUÉ IMPACIENTE ESTOY!

EH, CHICAS, TENGO UNA IDEA. ME PARECE QUE DEBERÍAMOS ELEGIR LOS... CARGOS DEL CLUB.

¿LOS CARGOS?
SÍ, UNA PRESIDENTA, UNA VICEPRESIDENTA, UNA SECRETARIA Y... Y...

¡UNA TESORERA! ¡PERFECTO!

AH, YA LO ENTIENDO. PROPONGO A KRISTY COMO PRESIDENTA. LA IDEA DEL CLUB LA TUVO ELLA.

ESTOY DE ACUERDO.
YO TAMBIÉN. HAY UNANIMIDAD.

¡VAYA! GRACIAS, CHICAS. BUENO...

PROPONGO A CLAUDIA COMO VICEPRESIDENTA, PORQUE USAMOS SU CUARTO Y SU NÚMERO DE TELÉFONO.

QUIZÁ CUANDO NO ESTEMOS LAS DEMÁS TENGA QUE RESPONDER MUCHAS LLAMADAS.

DE ACUERDO.
YO TAMBIÉN. OTRA VEZ UNANIMIDAD.

MM... STACEY, SI NO TE IMPORTA ME GUSTARÍA SER SECRETARIA. SE ME DA BIEN ESCRIBIR COSAS.

POR MÍ PERFECTO... A MÍ SE ME DAN BIEN LAS CUENTAS Y LOS NÚMEROS. TENÍA LA ESPERANZA DE SER TESORERA.
¡GENIAL!
¡MOLA!

OSITOS DE GOMA

...
OSITOS DE GOMA

¡OH, NO! TENGO QUE IRME A CASA. PERO AHORA MISMO VUELVO.

STACEY, SI AÚN HACES LA TONTERÍA ESA DEL RÉGIMEN, DILO Y YA ESTÁ. NO HACE FALTA QUE HUYAS.
NO, NO, SI NO ES ESO...

MIRA, GUARDAMOS LOS OSITOS...
ES QUE... ES QUE SE ME HA OLVIDADO ALGO. NO TARDO NADA.

?

VEINTE MINUTOS DESPUÉS...

¿DÓNDE ESTÁ?
¿EL QUÉ?

LO QUE SE TE HABÍA OLVIDADO.
¡AH! NO, NO, SE ME HABÍA OLVIDADO **HACER** ALGO, PERO YA ESTÁ RESUELTO.

¿PUES ENTON...?

STACEY, MIRA QUÉ FOLLETO HEMOS HECHO.

OOOH... A VER...

¿Necesitas baby-sitters? ¡Ahorra tiempo!

Llama a:

555-0457

Lunes, miércoles y viernes 5:30-6:00

Disponible:
- Fines de semana
- Después del colegio
- Por las noches

El Club de las Baby-sitters 555-0457
El Club de las Baby-sitters 555-0457
El Club de las Baby-sitters 555-0457
El Club de las Baby-sitters 555-0457
El Club de las Baby-sitters 555-0457
El Club de las Baby-sitters 555-0457
El Club de las Baby-sitters 555-0457
El Club de las Baby-sitters 555-0457
El Club de las Baby-sitters 555-0457
El Club de las Baby-sitters 555-0457
El Club de las Baby-sitters 555-0457

ME TENGO QUE IR. CASI ES LA HORA DE CENAR, Y ESTA NOCHE MI MADRE SALE CON WATSON.
¿QUIÉN ES WATSON?

EL NOVIO DE MI MADRE. ES QUE MIS PADRES ESTÁN DIVORCIADOS.
AH.

¿LOS TUYOS TAMBIÉN?
NO. LLEVAN QUINCE AÑOS CASADOS.

LOS MÍOS LLEVAN VEINTE.
MI MADRE SE MURIÓ SIENDO YO UN BEBÉ. DE CÁNCER.

NO PASA NADA. LA VERDAD ES QUE NO LA RECUERDO.
....

AUNQUE A VECES ME GUSTARÍA.

TENGO QUE IRME, EN SERIO.

DING
DONG

¡KRISTY, ESTÁ AQUÍ WATSON!
PAF

YA VOY.
PLOM
PLOM

¡¡SORPRESA!!

¿QUÉ?

QUÉ BIEN, KRISTY, ¿VERDAD? ¡WATSON HA TRAÍDO COMIDA CHINA!

PODEMOS CENAR TODOS JUNTOS ANTES DE SALIR ÉL Y YO.
¿Y A **TUS** HIJOS QUIÉN LOS CUIDA?

HE ENCONTRADO UNA BABY-SITTER MUY SIMPÁTICA.

HA CUIDADO ESTA MAÑANA A ANDREW Y KAREN, MIENTRAS YO ESTABA EN LA OFICINA, Y LES HA ENCANTADO.
AH.
THOMAS

SHS

SNIFFFF...

Ejem

MAMÁ, ¿DEL CHILE CON CARNE QUEDA ALGO?

¿QUÉ PASA, KRISTY? CREÍA QUE TAMBIÉN TE GUSTABA LA COMIDA CHINA.

BUENO, NO ESTÁ MAL, PERO ES QUE ESTA NOCHE NO ME APETECE.

EL CHILE SE HA ACABADO. SI QUIERES PUEDES COMER UN BOCADILLO DE CREMA DE CACAHUETE.

CLANG

¿QUÉ, KRISTY, CÓMO VA TODO?

BIEN.
¿LA ESCUELA BIEN?
SÍ.

¿QUÉ ESTÁS HACIENDO DE NUEVO O INTERESANTE?
NADA.
¿SABES QUÉ?

QUE MAMÁ ME DEJARÁ COMPRARME UN G.I. JOE NUEVO... ¡UNO DE LOS BUENOS!

SUENA EMOCIONANTE. YO DE MUÑECOS G.I. JOE NO SÉ MUCHO...
ME PARECE QUE A ESO ANDREW NO JUEGA.

UY, NO TE CREAS.

LO QUE PASA ES QUE NO LO SABES, PORQUE NO ESTÁS BASTANTE CON ÉL. ADEMÁS...

SON **FIGURAS DE ACCIÓN,** NO MUÑECOS. ¿A QUE SÍ, DAVID MICHAEL?
¡SÍ, KRISTY!

Y SEGURO QUE KAREN TIENE UN MUÑECO DE MY LITTLE PONY. ¿TE SUENA DE ALGO?

¡KRISTY, PÍDELE PERDÓN AHORA MISMO A WATSON, Y LUEGO VETE A TU CUARTO!
PERO MAMÁ... SI AÚN NO ME HE ACABADO ESTA CENA TAN DELICIOSA.
¡PLAM!

¡¡KRISTIN AMANDA THOMAS!!

¡¡TE LA ESTÁS **JUGANDO**!!
LO SIENTO, WATSON.

¡¡SIENTO QUE SEAS UN PADRE TAN HORRIBLE!!

¡PLAM!

LA CUESTIÓN... ES QUE EN REALIDAD WATSON ES MUY BUEN PADRE.

PASA MUCHO TIEMPO CON KAREN Y ANDREW, Y NUNCA SE OLVIDA DE LAS VACACIONES...

... COMO EL **MÍO.**

QUERIDA MAMÁ, SIENTO HABER SIDO TAN MALEDUCADA. SUPONGO QUE AÚN NO SÉ MUCHO SOBRE DECORO.

ESPERO QUE TE HAYAS DIVERTIDO. TE QUIERO. -- KRISTY
SHS

A LA MAÑANA SIGUIENTE...
Querida Kristy
Yo también
te quiero.
-Mamá
Querida Kristy
Yo también
te quiero.
-Mamá

Gracias

CAPÍTULO 6

EL MIÉRCOLES, AL LLEGAR DE LA ESCUELA...

PERO BUENO, ¿DÓNDE ESTÁ EL PERIÓDICO?

flip
flip

¡HOLA, KRISTY! ¿QUÉ HACES?

¡MIRA! ¡ESTÁ AQUÍ! ¡NUESTRO ANUNCIO!
¡OH! ¿A VER?

Clases diarias
555-0217 / 555-8872
LA TIENDA DE LOS ARMARIOS
#LIC. 1001172
Pasamos a domicilio
¡Tasación gratuita!
¡Llama ahora!
555-0091
Green Street
Experiencia
CREATI
GRUPO DE DISEÑO
RÓTULOS Y PRESENTACIÓN
555-8700 a-8701
PAVIMENTOS PAVEL
• Entradas para coches
• Senderos de jardín
• Bordillos
• Muros de contención
555-3222
Financiación 100%
Presupuestos gratuitos a su disposición
TAPICERÍA
¡LLAME AHORA!
¿NECESITAS BABY-SITTER?
EL CLUB DE LAS BABY-SITTERS
555-0457
sola llamada y elige
sitters con experiencia!
Lu. Mi. Vi. 5:30-6:00
LA TIENDA DE ROCCO
Spring field St.
-7272/7273(F)
555-6368
DOUGLAS
Emergency
Joe's Pressure

¡MOLA!

SI HOY PUDIÉRAMOS ACABAR DE REPARTIR LOS FOLLETOS, HASTA PODRÍA LLAMAR ALGUIEN ESTE VIERNES.
¡YA!

QUE NOS AYUDE MARY ANNE.
VALE, Y STACEY.

NO, STACEY ESTA TARDE ESTÁ OCUPADA.
¿QUÉ HACE?

NO LO SÉ. VENGA, ¿LISTA?
DÉJAME VER SI YA ESTÁ KATHY. HOY HACE DE BABY-SITTER DE DAVID MICHAEL.

¡QUÉ BIEN! ¡MAMÁ HA FOTOCOPIADO MÁS FOLLETOS!

BIBLIOTECA

LEE

¿Necesitas baby-sitter? ¡Ahorra tiempo!
Llama a:
EL CLUB DE LAS BABY-SITTERS
555-0457
fines de semana
las noches
GRAN

¡ERA EL ÚLTIMO FOLLETO!
555-0457

AHORA A ESPERAR QUE NOS LLAMEN.

EL VIERNES
El viernes
EL CLUB DE LAS BABY-SITTERS
Lu. - Mi. - Vi.
5:30 - 16:00

¡ADELANTE!

EL TELÉFONO NO VA A ESCAPARSE, ¿EH?

YA LO SÉ. ES QUE ESTOY TAN EMOCIONADA...

¡¡... YO TAMBIÉN!!
FRUS-FRUS

¡LLEVO TODA LA SEMANA ESPERANDO ESTE DÍA! TIENE QUE FUNCIONAR. TENDREMOS CLIENTES... ¿NO?

TOC TOC

... SERÁ MARY ANNE.
AH, CLARO. ¡¡PASA!!

EJEM.
El viernes
EL CLUB DE LAS BABY-SITTERS
Lu. - Mi. - Vi.
5:30 - 6:00

HE ESTADO ANALIZANDO VUESTRO CARTEL DESDE EL PASILLO, Y NO SÉ SI NO OS HABÉIS EQUIVOCADO.

¿QUÉ?

BUENO, SEGURA POR COMPLETO NO ESTOY, DE QUE OS HAYÁIS EQUIVOCADO. ESTOY INTENTANDO DECIDIR SI «BABY-SITTER» DEBERÍA ESTAR EN PLURAL O EN SINGULAR.
ES QUE POR CONCORDANCIA DEBERÍA ESTAR EN PLURAL, PERO AL NO REFERIRSE AL ANIMAL, Y SER UNA COMPARACIÓN...
¡HOLA A TODAS!

¡SALVADA!
¡HOLA, STACEY!

PLAM
El viernes

El viernes
EL CLUB DE LAS BABY-SITTERS
Lu. – Mi. – Vi.
5:30 – 6:00

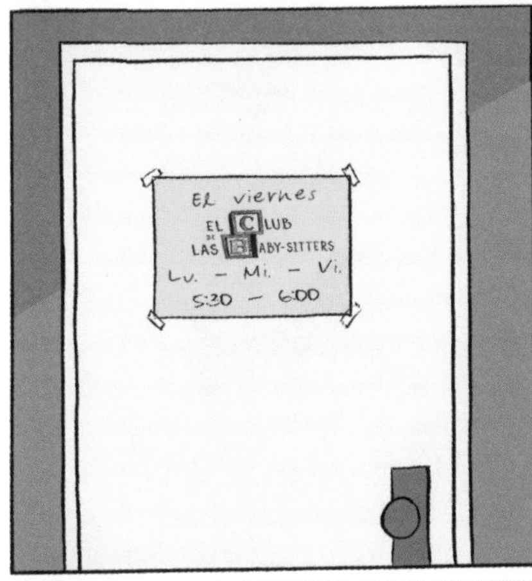
El viernes
EL CLUB DE LAS BABY-SITTERS
Lu. – Mi. – Vi.
5:30 – 6:00

El viernes

5:29...

RIIING

¡NO ME LO CREO!
¡¡ME PONGO YO, ME PONGO YO!!
RIING
RING

EL CLUB DE LAS BABY-SITTERS, BUENAS TARDES.

KRISTY, ES TU MADRE.

¡MAMÁ, QUE ESTAMOS EN HORARIO COMERCIAL!

NO DEBERÍAS...
¿QUÉ? ¿EN SERIO? AH, PUES ESPERA UN MOMENTO.

¡MAMÁ NECESITA UNA BABY-SITTER PARA DAVID MICHAEL! ¡¡EL MIÉRCOLES QUE VIENE NO PUEDE VENIR KATHY!!

TENGO AQUÍ EL LIBRO DE RESERVAS. A VER...

MARY ANNE, TÚ ESE DÍA VAS AL DENTISTA, Y YO TENGO CLASE DE DIBUJO.

QUEDÁIS TÚ Y STACEY, KRISTY.

¿QUÉ HACEMOS?
UN MOMENTO, MAMÁ.

ES TU HERMANO.
PERO SI TE ENCARGAS TÚ, HARÁS MÁS RELACIONES EN EL BARRIO. PROBABLEMENTE CONOZCAS A MIS HERMANOS MAYORES...

¿¿HERMANOS??

¿Y MIENTRAS TANTO TÚ QUÉ HARÁS? ¿QUEDARTE MIRANDO?
YO ESPERO CONSEGUIR OTRO TRABAJO... ¿HOLA? ¿MAMÁ?

¡LO HARÁ STACEY! OYE, ¿DESDE DÓNDE LLAMAS? AH, DE LA OFICINA.

¡KRISTY, NO OCUPES EL TELÉFONO!
MAMÁ, TENGO QUE COLGAR.

¡RING!

¡¡¿PUEDO PONERME YO?!!

EL CLUB DE LAS BABY-SITTERS, BUENAS TARDES.

... ME PARECE QUE SE EQUIVOCA DE NÚMERO. AQUÍ NO HAY NINGÚN JIM BARTOLINI.

¡¡¡RING!!!
PONTE TÚ, KRISTY, QUE ERES LA PRESIDENTA.

EL CLUB DE LAS BABY-SITTERS... SÍ... SÍ... UN MOMENTO, POR FAVOR.

¿CONOCÉIS A UNA TAL SEÑORA MCKEEVER, DE QUENTIN COURT?
NO...
TAMPOCO.
¿QUÉ TIENE?

DOS HIJOS, BUFFY Y PINKY.

¡BUFFY Y PINKY!
¡¿BUFFY Y PINKY?!

LOS DOS DE TRES AÑOS... SERÁN MELLIZOS.

NECESITA A ALGUIEN PARA LA TARDE DEL MIÉRCOLES... ME PARECE QUE SOY LA ÚNICA LIBRE.

¡MOLA! UNA CLIENTA NUEVA
¡RING!

¿DIGA? ... ¡NO, AQUÍ NO HAY **NADIE** QUE SE LLAME JIM BARTOLINI!

¡RING! RII—
¿DIGA? KRISTY, VUELVE A SER TU MADRE.

¿MAMÁ? ¿QUÉ PASA, QUE A KATHY TAMPOCO LE VA BIEN LA OTRA TARDE? AH... AH...
OH, NO.

YO NO. PARA **ELLOS** NO HAGO DE BABY-SITTER. YA SABES LO QUE PIENSO. VALE, PERO ESPERA.

WATSON NECESITA UNA BABY-SITTER PARA SUS HIJOS EL SÁBADO QUE VIENE. **YO** NO LO HAGO.

PUES ENTONCES YO. TENGO CURIOSIDAD.
VALE, PUES APÚNTATE TÚ MISMA.

¡¡RIIING!!
VAYA, LAS 5:55. ¡UNA ÚLTIMA LLAMADA!

¿DIGA? ¡¿QUÉ?!

ES UN CHICO. ¡DICE QUE SE LLAMA JIM BARTOLINI, Y QUIERE SABER SI HAN LLAMADO PREGUNTANDO POR ÉL!

¡NO PUEDE SER!
¡¿QUÉ?!
¡¡AH, **ESPERA!!**

¡¡SAM!! ¿¿ERES TÚ??

NO, SOY JIM BARTOLINI. QUERÍA SABER SI...
SHS

¡SAM, ERES UN RATA!

¡QUÉ CARA MÁS DURA!
¡NO TIENE GRACIA!
PLAM

NO VOLVÍ A CASA MUY CONTENTA.

SHS

¡RING!

¡HOLA, KRISTY! SOY CLAUDIA. HA LLAMADO LA SEÑORA NEWTON. NECESITA UNA BABY-SITTER PARA EL JUEVES.
¿...AH, SÍ?

¡LE HE DICHO YO QUE SÍ!
GENIAL, CLAU.

¿O SEA, QUE SOLO PORQUE ES SUYO EL TELÉFONO TIENE PRIORIDAD EN TODOS LOS TRABAJOS?

LA SEÑORA NEWTON **SIEMPRE** ME LLAMA A MÍ PRIMERO. BUENO, ME **LLAMABA.**

EN FIN... ¡AL MENOS TENGO UNA NUEVA CLIENTA! ¡PINKY Y BUFFY MCKEEVER! ¡YA TENGO GANAS DE QUE LLEGUE EL MIÉRCOLES!

CAPÍTULO 7

EL MIÉRCOLES POR LA TARDE
¡HOLA, STACEY! ¡PASA! ESTOY A PUNTO DE IRME.

AQUÍ-ESTÁ-LA-COCINA-EL-LAVAVAJILLAS-ESTÁ-ESTROPEADO-DAVID-MICHAEL-PUEDE-PICAR-GALLETAS-DEL-TARRO-PERO-DESPUÉS-DE-LAS-CUATRO-Y-MEDIA-NADA...

... ES-ALÉRGICO-AL-CHOCOLATE-AH-ESTE-ES-LOUIE-NO-TE-MOLESTARÁ-LOS-NÚMEROS-DE-TELÉFONO-ESTÁN-TODOS-EN- EL-TABLÓN-DE-ANUNCIOS...

MAMÁ-ESTÁ-AL-TELÉFONO-YO-ESTARÉ-HACIENDO-DE-BABY-SITTER-EN-CASA-DE-LOS-MCKEEVER-LA-TELE-ESTÁ-EN-EL-CUARTO-DE-JUGAR-A-DAVID-MICHAEL-LE-GUSTA-JUGAR-A-CANDY-LAND-ESTÁ-EN-EL-ARMARIO-DE-DEBAJO-DEL-EQUIPO-DE-MÚSICA...

MIRA-SI-EN-SU-FIAMBRERA-HAY-ALGUNA-NOTA-DE-SUS-PROFESORES ¿ALGUNA PREGUNTA?

ESTA ES STACEY, UNA AMIGA MÍA. HOY TE HARÁ DE BABY-SITTER.

YO VOY A HACER DE BABY-SITTER EN OTRA CASA, NO MUY LEJOS. VOLVERÉ SOBRE LAS CINCO.

AH, STACEY, MIS DOS HERMANOS MAYORES SE LLAMAN CHARLIE Y SAM.

CHARLIE TIENE DIECISÉIS, Y SAM CATORCE.

PUEDE QUE PASEN ESTA TARDE, O NO. ¡QUE OS DIVIRTÁIS!

¡PLAM!
... HOLA.
HOLA.

¡CLIC!

¡ZAS!

. . .

HOLA.
HOLAA.

TÚ DEBES DE SER STACEY.

¿KRISTY TE HA... HABLADO DE MÍ?
SHS

SÍ... BUENO... HA DICHO QUE ESTARÍAS ESTA TARDE DE CANGURO. YO PENSABA IR A CASA DE UN AMIGO, ERNEST, PERO...

PERO CREO QUE TIENE TRABAJO, O ALGO ASÍ. MEJOR ME QUEDO EN CASA.
AH, PUES... ¿QUIERES QUE ME VAYA?

NO TIENE SENTIDO QUE TU MADRE ME PAGUE POR HACER DE CANGURO SI VAS A ESTAR TÚ EN CASA.

NO, NO... EL TRATO CON MAMÁ ES QUE CHARLIE, KRISTY Y YO SOLO TENEMOS QUE CUIDAR A DAVID MICHAEL UN DÍA A LA SEMANA CADA UNO. EL RESTO DEL TIEMPO PODEMOS HACER LO QUE QUERAMOS, AUNQUE ESTEMOS EN CASA.
AH, PUES QUÉ BUENA TU MADRE, ¿NO?
¿PUEDO COMERME UN TWINKIE?
SHS

SUPONGO QUE SÍ. ¿CREES QUE A LA HORA DE CENAR AÚN TENDRÁS HAMBRE?
SÍ.
VALE.

RIS

¿QUIERES EL SEGUNDO, SAM?
VALE.
SHS

SHS

SHS
AH... NO, GRACIAS.

DEBES DE SER LA QUE HACE RÉGIMEN. QUÉ FUERZA DE VOLUNTAD.
¡...BUENO!

¿JUGAMOS A CANDY LAND?
¡VALE!

AH, PUES YO TAMBIÉN JUEGO. PODEMOS HACER UN CAMPEONATO. EL PRIMERO QUE GANE DOS PARTIDAS SERÁ EL CAMPEÓN DE CANDY LAND DEL UNIVERSO.

¿JUGAR? **¿TÚ?**

PUES CLARO.
OYE, HERMANITO, QUE SE TE HAN DESATADO LOS CORDONES.
PERO SI NUN...

¿AH, SÍ?

¡PERO SI NO TENGO CORDONES!
¡HAS MIRADO!

¡ERES UN...! ¡ME PIENSO CHIVAR!
¡ZIP!

¡EH, MOCOSO! ¡VENGA, QUE SI NO EMPEZAMOS NO TENDREMOS TIEMPO PARA UN CAMPEONATO!

MIENTRAS TANTO...
¿HOLA?
HOLA, SOY KRISTY THOMAS. VENGO A HACER DE BABY-SITTER PARA BUFFY Y PINKY, LOS MELLIZOS.

VEO MUY ORDENADA ESTA CASA.
¿Y DÓNDE ESTÁN PUNKY YBUFFY?

AH... ESTÁN EN EL CUARTO DE LA LAVADORA.
¡¿EN EL CUARTO DE LA **LAVADORA**?!

SON UN POCO REBELDES.
AHHH... DE ESO YO SÉ MUCHO.
ME VOY A PRESENTAR...

SOY LA SEÑORITA HARGREAVES, SOBRINA DE LA SEÑORA MCKEEVER. ELLA ESTÁ DE VIAJE, Y YO ESTA TARDE TENGO QUE SALIR.

NOS HEMOS DADO CUENTA DE QUE PINKY Y BUFFY NO PUEDEN QUEDARSE SOLOS.
¿QUÉ SE ESPERABA?

VAMOS A SACARLOS DEL CUARTO DE LA LAVADORA, QUE SEGURO QUE TIENEN GANAS DE JUGAR.
DE ACUERDO.

PREPÁRATE, QUE LOS DOS MONSTRUOS DE MI TÍA PRÁCTICAMENTE ECHARÁN LA PUERTA ABAJO.

¡...AJ!

¿TAMBIÉN TENGO QUE VIGILARLOS, **ADEMÁS** DE A PINKY Y BUFFY?

¡VAYA POR DIOS! ¡PERO SI SON **ELLOS,** PINKY Y BUFFY!

PERO... ¡PERO YO SOY CANGURO DE **NIÑOS,** NO DE PERROS!
NO SÉ CÓMO HABÉIS QUEDADO CON MI TÍA.

PERO AQUÍ ESTÁN LOS PERROS, AQUÍ ESTÁS **TÚ** Y **YO** ME TENGO QUE IR.
PERO... PERO...

¡PLAM!

¿OS APETECE SALIR?

ZUUUM

!

¡RAS!

¡UAAH!

¡¡EL RESTO DE LA TARDE LA PASÁIS AQUÍ DENTRO!!

MIENTRAS TANTO, EN MI CASA...
¡NO HAGAS TRAMPA, MOCOSO!
¡NO HAGO TRAMPA!

¡KRISTY!

MÁS TARDE.
¿CÓMO HA IDO, STACEY?
¡QUÉ GUAPO ES TU HERMANO MAYOR!
¡ME REFERÍA AL **TRABAJO**!

AH... PUES MUY BIEN.

HE DECIDIDO QUE EL CLUB DE LAS BABY-SITTERS LLEVE UN CUADERNO DE NOTAS.

CADA VEZ QUE ACABEMOS UN TRABAJO, LO APUNTAREMOS EN EL CUADERNO PARA QUE LO LEAN LAS DEMÁS.

ASÍ PODREMOS APRENDER DE NUESTRAS EXPERIENCIAS.

Y NO COMETEREMOS MÁS DE UNA VEZ EL MISMO ERROR.

POR EJEMPLO... ¡NADA DE CUIDAR PERROS!

viernes 26 de septiembre

Dice Kristy que tenemos que apuntar en este cuaderno todos los trabajos que hagamos. El primer encargo que me han dado a través del Club de las Canguro fue ayer. Estuve cuidando a Jamie Newton, pero no estaba solo; también estaban sus tres primos. ¡Madre mía, qué LOCURA!

* Claudia *

CAPÍTULO 8

¡HOLA!
¡HOLA, JAMIE!

¡ANDA! ¿QUIÉNES SON TODOS ESTOS AMIGOS?

HOLA, CLAUDIA... PASA...
¡ES MÍO!
ZAS

¡MENTIRA! ¡ES MÍO!

SIENTO MUCHO NO HABERME ACORDADO DE DECÍRTELO... ES QUE HOY HAN VENIDO DE VISITA LOS PRIMOS DE JAMIE.
NONONONONONONONONO!

ROSIE, DE TRES AÑOS...
¡DEVUÉL-VEMELO!

BRENDA, DE CINCO...
Y RECUPERÁN-DOSE DE LA VARICELA.

... Y ROB, DE OCHO.
¡¡ODIO A LAS NIÑAS!!

ESTA ES MI HERMANA, LA SEÑORA FELDMAN. VAMOS A UNA EXPOSICIÓN EN EL CENTRO...

ESPERO QUE NO TE IMPORTE.
¡¡MAMÁ!!

¡LAS NIÑAS NO JUEGAN CON CAMIONES! ¡ES **MÍO!** ¡DÁMELO!

JAMIE, A VECES LAS NIÑAS **SÍ** QUE JUEGAN CON CAMIONES. ROSIE, TÚ NO TIENES NINGÚN CAMIÓN COMO ESE, PERO HAS TRAÍDO OTROS TRES. PODRÍAIS PORTAROS BIEN Y JUGAR JUNTOS...

POCOS MINUTOS DESPUÉS...

EH, JAMIE...

VÁMONOS DE AQUÍ, QUE SOLO HAY **NIÑAS,** ¿VALE?

VALE.

¿ADÓNDE VAIS?

NO TE LO DIGO.

LA CANGURO SOY **YO.**
¿Y?

AL MENOS DIME ADÓNDE VAIS.

¿QUIÉN VA A OBLIGARME?

NADIE. PERO NO ME MOVERÉ HASTA QUE ME LO DIGAS.

¡HMM!
PLOM

¿HABÍAMOS TENIDO ALGUNA VEZ UNA CANGURO TAN MALA?
¡NO!
¡NO!

¿VAMOS A DEJAR QUE SEA MALA?

¡¡NO!!

¡¡PUES ADELANTE!!

AAAAAAAAAAAA
AAAAAAAAAAA

¡BOING!

¡III-YAA! ¡SOY UN NINJA! ¡ERES HOMBRE MUERTO! BUENO... ¡¡MUJER MUERTA!!

¡AINS!

¡III-YAA!

AAAA

¡¡III-YAA!!
¡¡III-YAA!!

¡III-YAA! ¡EH, BABY-SITTER! ¡QUE ESTOY HACIENDO KÁRATE! ... ¿VALE? ... ¿BABY-SITTER?

AHORA NO, QUE ESTOY OCUPADA.

Y ASÍ CONSIGUIÓ
DOMAR CLAUDIA
A LOS FELDMAN.

Sábado 27 de septiembre

No sé de qué se queja siempre tanto Kristy. Los hijos de Watson son muy monos. Yo creo que si les hiciera de baby-sitter alguna vez, le caerían bien. ¿Lo estás leyendo, Kristy? Espero que sí. Bueno, este cuaderno es para que escribamos nuestras experiencias y nuestros problemas, sobre todo los problemas.

Y en casa de Watson he tenido unos cuantos...

Mary Ann

CAPÍTULO 9

¡EN LO PRIMERO QUE SE FIJÓ MARY ANNE FUE EN QUE LA CASA DE WATSON ERA ENORME!
VAYA.

¡PAPÁ! ¡¡NO TE OLVIDES DE PRESENTARLE AL GATO!!

MARY ANNE, TE PRESENTO A NUESTRO GATO, BUBÚ.
QUÉ GORDO.
PESA CASI 8 KILOS.

TIENES QUE SABER UN PAR DE COSAS SOBRE BUBÚ.

LA PRIMERA... QUE SI LO PROVOCAN MUERDE. Y ARAÑA.
¡ES UN GATO DE ATAQUE!

LO MEJOR ES QUE NO TE ACERQUES A ÉL. TE PROPONDRÍA ENCERRARLO MIENTRAS ESTOY FUERA, PERO NO LE GUSTA MUCHO.

DEJÓ LLENA DE MORDISCOS LA PUERTA DEL CUARTO DE LA LAVADORA.
TÚ INTENTA NO HACERLE CASO. ¡Y **NO** LO TOQUES!

CREO QUE YA ESTÁ... ¿ALGUNA PREGUNTA?
¿Y LA SEÑORA PORTER, PAPÁ?

AH, CREO QUE ESTÁ DE VACACIONES, CARIÑO... POR ELLA NO HACE FALTA PREOCUPARSE.

LA SEÑORA PORTER ES LA VECINA DE AL LADO, UNA MUJER MAYOR Y UN POCO EXCÉNTRICA... KAREN ESTÁ CONVENCIDA DE QUE ES UNA BRUJA.

NO LO ES, COMO COMPRENDERÁS, PERO NO LE GUSTAN LOS ANIMALES, Y POR LO VISTO BUBÚ NO LE CAE BIEN.

PROCURAMOS QUE NO ESTÉN CERCA EL UNO DE LA OTRA.

BUENO, ME VOY. ADIÓS, KAREN.
ADIÓS, PAPÁ.

ADIÓS, ANDREW.
ADIÓS.

¡PLAM!
ESTAMOS DIVORCIADOS.

NUESTROS PADRES VIVEN EN CASAS DIFERENTES.
SÍ.

NUESTRA MAMÁ VA A VOLVER A CASARSE. ENTONCES TENDREMOS UNA MAMÁ Y **DOS** PAPÁS.
SÍ.

Y SI SE CASA OTRA VEZ NUESTRO PAPÁ, ¿CUÁNTAS MAMÁS Y PAPÁS TENDREMOS, ANDREW?

SÍ.

VENGA, CHICOS, QUE HACE SOL. VAMOS FUERA A JUGAR, ¿VALE?
¡SÍ, QUÉ BIEN!

¿TÚ QUIERES JUGAR FUERA, ANDREW?
SÍ.

¿VES ESA CASA?

¿LA DE AL LADO?
SÍ...

PUES ES DONDE VIVE LA SEÑORA PORTER. Y TE JURO POR LO QUE MÁS QUIERAS QUE ES UNA BRUJA. SU NOMBRE DE BRUJA ES DESTINO MÓRBIDO.

ME LO CONTARON LOS NIÑOS MAYORES DE ESTA CALLE. COME SAPOS, HACE HECHIZOS...

...Y CADA MEDIANOCHE SALE VOLANDO CON SU ESCOBA A REUNIONES DE BRUJAS.

¿A QUE SÍ, ANDREW?
SÍ.
¡BOING!

¿Y TÚ TE LAS CREES, ESAS HISTORIAS SOBRE DEST... LA SEÑORA PORTER?

SÍ. LA PRUEBA ES BUBÚ. ¡LO HIZO GORDO LA SEÑORA PORTER!
UN DÍA, CUANDO BUBÚ AÚN ERA CARIÑOSO Y DELGADO, ENTRÓ EN SU JARDÍN Y ESCARBÓ EN LAS FLORES.
¡ENTONCES SALIÓ LA SEÑORA PORTER, SE PUSO A GRITARLE Y AL DÍA SIGUIENTE BUBÚ EMPEZÓ A ENGORDAR!

POR ESO AHORA TENEMOS QUE APARTARLO DE SU CASA, PARA QUE NO LE ECHE OTRO HECHIZO.

BUENO...

HOY NO HACE FALTA PREOCUPARSE, PORQUE LA SEÑORA PORTER NO ESTÁ EN...

¿... CASA?

¡¡AAAH!!

ES DESTINO MÓRBI...
¡¿DÓNDE ESTÁ BUBÚ?!

NO PASA NADA, CHICOS...
¡¡BUBÚ!!

¡YA LO VEO! ESTÁ...

¡... EN EL JARDÍN DE DESTINO MÓRBIDO!

BUENO, PUES VOY A BUSCARLO... COMO PUEDA.

¡ELLA YA NO ESTÁ EN LA VENTANA!

¡VA HACIA LA PUERTA! ¡¡ESTOY SEGURA!!
AINS

BUENO, BUENO.

KAREN, VIGILA UNOS MINUTOS A ANDREW, QUE AHORA VUELVO.

BUBÚ.

BUBÚ. ¡EH, GATO GORDO!

«BUBÚ. EH, GATO GORDO.»
¡UY!

EL GATO GORDO... ME ESTÁ ESTROPEANDO LOS CRISANTEMOS.

YA, YA, LO SIENTO... ESTABA INTENTANDO LLEVÁRMELO...
¡SSSSS!
¡ZAS!

SE ACABÓ, NIÑA.

MIAUU

¡SINVERGÜENZA!

NIÑOS Y ANIMALES... CONDENADOS ESTORBOS...
¡BUBÚ!

¿LO HAS OÍDO? ¡ERA UNA MALDICIÓN!

¿«SINVERGÜENZA»? NO, ES UNA PALABRA QUE EXISTE, NO UNA MALDICIÓN.

¿ESTÁS SEGURA?

A VER... ¿TÚ HAS VISTO A DEST... LA SEÑORA PORTER MEZCLANDO HIERBAS O BUSCANDO PATAS DE MURCIÉLAGO?
NO...
¡¿LA HAS VISTO TRITURAR SETAS VENENOSAS O REMOVER UN CALDERO?!
... NO...

¡... PERO MIRA, BUBÚ SE ESTÁ VOLVIENDO LOCO!

HISSSSS

¡QUÉ VA! SOLO HACE DE GATO, Y LOS GATOS HACEN TONTE...
¡MIRA!

YA HA VUELTO DESTINO MÓRBIDO A SU VENTANA...

¡CATAPLOM!

ES UN HECHIZO.

¡LOS HECHIZOS NO EXISTEN!

ESPERO...

CAPÍTULO 10

EN LA SIGUIENTE REUNIÓN...
AH, HOLA, SEÑORA MACKEEVER.

BUFFY Y PINKY SE PORTARON MUY BIEN, PERO NO SOMOS CANGUROS DE ANIMALES. LO SIENTO.

EL CLUB DE LAS CANGURO, DÍGAME.

EL CLUB DE LAS CANGURO, BUENAS TARDES.
OYE, STACEY...

¿POR QUÉ NO CALCULAMOS CUÁNTO DINERO LLEVA GANADO EL CLUB?
¡¡VALE!!

4 +5.50 9.50
10 +6 16
5+5+5...
2×10=20
16.25 ÷ 3

52,75 DÓLARES.
¡UAU! ¡NO ESTÁ MAL!

¡EH, SI DONASE CADA UNA UNOS CINCO DÓLARES, EL SÁBADO POR LA TARDE PODRÍAMOS HACER UNA FIESTA CON PIZZA!

¡ESO, PARA CELEBRAR EL ÉXITO DE NUESTRO CLUB!

¡PODRÍAMOS COMPRAR COCA-COLA Y M&MS!
¡COMIDA BASURA HASTA HARTARNOS!

LO SIENTO, STACEY. NOS HEMOS OLVIDADO DE TU RÉGIMEN. TAL VEZ...
TRANQUILA, NO PASA NADA. DE HECHO, NO ESTOY SEGURA DE QUE PUEDA VENIR.

EL VIERNES... MMM... NOS VAMOS A NUEVA YORK, Y QUIZÁ VOLVAMOS DEMASIADO TARDE PARA LA FIESTA.
¿PERO A NUEVA YORK NO ACABAS DE IR?

ES QUE AÚN HAY QUE ARREGLAR BASTANTES COSAS. CON LO DE LA MUDANZA...
CREÍA QUE HABÍAS DICHO QUE LO TENÍAS TODO RESUELTO.

AH, Y... TENEMOS QUE VER A UNOS AMIGOS. ¡UF, YA SON LAS 6:00! ¡ME TENGO QUE IR!

AH, HOLA, KRISTY.

... HOLA

MM... MAMÁ, WATSON ESTÁ EN NUESTRO SALÓN.

YA LO SÉ.
¿SE QUEDARÁ A CENAR?

SÍ.
ES LA TERCERA VEZ EN UNA SEMANA QUE SE QUEDA A CENAR.
CORTAR PICAR
KRISTY...

¿ESTA VEZ QUÉ HA TRAÍDO? ¿COMIDA GRIEGA? ¿ITALIANA?

NADA. VIENE A COMER SOBRAS.

CARIÑO, ¿PODRÍAS SUBIR A PONERTE UN VESTIDO?
¡¡UN VESTIDO!! ¡¿POR QUÉ?!

PUES PORQUE SOY TU MADRE, Y PUNTO.

PONTE EL AZUL Y BLANCO QUE COMPRAMOS HACE POCO, ¿VALE?
VALE.

NO.

POR FAVOR, ¿ME PUEDE CONTAR ALGUIEN QUÉ PASA? ¿POR QUÉ ES TODO TAN ELEGANTE?
ESPAGUETIS CON GATORADE NO ES ELEGANTE.

HOY HA PASADO ALGO MUY ESPECIAL.

WATSON ME HA PEDIDO VALORAR LA POSIBILIDAD DE QUE NOS PROMETAMOS.

¡GENIAL, MAMÁ!
¡ENHORABUENA!
¡¡ESO!!

¿QUÉ QUIERE DECIR?

QUE TU MADRE AÚN NO ME DEJA NI DARLE UN ANILLO DE COMPROMISO.
BIEN HECHO, MAMÁ.

PERO QUE ME LO ESTOY PENSANDO.

PERO SI OS CASÁIS... ¿DÓNDE VIVIRÍAMOS? ¿PAPÁ AÚN TE PASARÍA LA PENSIÓN?
NO LO SÉ, CARIÑO. NO HEMOS HECHO PLANES A TAN LARGO PLAZO.

BUENO, YA ESTÁ BIEN DE PREGUNTAS, QUE ES UNA CELEBRACIÓN. YA HABRÁ TIEMPO DE PENSAR EN TODO. CÓMETE EL... ¿QUÉ ESTÁS COMIENDO?
TWINKIES. TWINKIES Y POLLO FRITO.

PUES CÓMETE LOS TWINKIES Y EL POLLO FRITO.

AINS

CAPÍTULO 11

ERAN STACEY Y SU FAMILIA. SE VAN A NUEVA YORK.

HA DICHO QUE VOLVERÁN MAÑANA, LO MÁS SEGURO ES QUE POR LA TARDE.

YO CREO QUE PARA LA FIESTA ES MEJOR ESPERAR. SERÁ MÁS DIVERTIDO SI ESTAMOS TODAS. ¿QUÉ TAL EL PRÓXIMO FIN DE SEMANA?
PERO A NOSOTRAS NOS APETECE MUCHO HACERLA MAÑANA, ¿NO?

BUENO, PUES MAÑANA POR LA MAÑANA LO COMPRAMOS TODO MENOS LA PIZZA, Y SI VUELVE STACEY LA PEDIMOS EN EL ÚLTIMO MOMENTO Y HACEMOS LA FIESTA. SI NO, LO GUARDAMOS TODO HASTA EL OTRO FIN DE SEMANA.

ESO ES EN LO QUE QUEDAMOS.

Y LO QUE **INTENTAMOS** HACER...

SIN CONSEGUIRLO.
TARDE TARDE TARDE
* ¡AY! *
¡¡MAMÁÁÁ!!

* ¡AAYY! *
¿QUÉ PA...?
A DAVID MICHAEL LE DUELE LA BARRIGA...
¿MAMÁÁ?
Y CHARLIE NO ENCUENTRA EL GUANTE DE BÉISBOL...
¡TARDE!
... Y SAM LLEGA TARDE.

¡RING!
¿DIGA?

¿... MARY ANNE?
¡¡MMPANOMDEGASDINEFIDA!!
¿QUÉ? NO
TE ENTIENDO.
¿QUÉ PASA?

¿QUÉ TU PADRE... NO TE DEJA...
GASTARTE EL DINERO... EN QUÉ?
¿EN LA **IGLESIA?**

AH, EN
NUESTRA FIESTA.
¡¿Y POR QUÉ NO,
MARY ANNE?!

DICE QUE TENGO QUE
AHORRAR PARA COSAS MÁS
IMPORTANTES, COMO LA ROPA
Y LA UNIVERSIDAD.
¡¿ME ESTÁS
DICIENDO QUE
TIENES QUE
EMPEZAR A
PAGARTE **TÚ** LA
ROPA?!

NO SÉ... SOLO SÉ
QUE NO ME DEJA
GASTARME CINCO
DÓLARES EN PIZZA.
BUENO,
BUENO, CUANDO
NOS PAGUE
STACEY AÚN
TENDREMOS
QUINCE.

SUPONGO QUE CON UNA GRANDE NOS ARREGLAREMOS LAS CUATRO. DE TODOS MODOS, NO CREO QUE STACEY COMA.
YA, KRISTY, PERO ES QUE YO NO VOY A IR.

¡¿QUÉ?! ¡¿POR QUÉ NO?!
NO PIENSO DEJAR QUE LO PAGUÉIS TO... UN MOMENTO...

¡OYE, QUE GRACIAS POR AYUDARME CON LAS MATES!
¿ACABA DE ENTRAR TU PADRE? ¿TIENES QUE COLGAR?
¡SÍ! ¡ADIÓS, JUNE!

¿«JUNE»?

¡RING!
¿SÍ?

ADIVINA.

AH... VAYA... PERO CLAUDIA, ¿ESAS CARTAS DE LA ESCUELA NO LAS RECIBES CADA OTOÑO?
SÍ, PERO ESTA VEZ PAPÁ LA HA LEÍDO JUSTO ANTES DE CONTARLE LO DE LA FIESTA.

¡¿Y AHORA QUIERE QUE TE ESTÉS TODO EL FIN DE SEMANA CON DIEZ PROBLEMAS DE MATES?!
MÁS TODOS LOS DEBERES QUE NO HE HECHO DURANTE EL AÑO.

SUPONGO QUE YA NO HAY FIESTA.
NO SÉ... A VER SI VUELVE STACEY A TIEMPO.
VALE.

UNAS HORAS DESPUÉS...
RING.... RING....

¿DIGA?
¿SEÑORA MCGILL? ¡HOLA! SOY KRISTY THOMAS... LA AMIGA DE STACEY. ¿ELLA ESTÁ?

¡HUY!

LO SIENTO, CARIÑO, PERO STACEY NO ESTÁ.
AH... ¿DÓNDE ESTÁ?

PUES... MM... SE HA QUEDADO EN NUEVA YORK CON UNAS AMIGAS, KRISTY. VOLVERÁ MAÑANA POR LA NOCHE.
GRACIAS.

¡¡RING!!
¡Piip!
¿DIGA?

HOLA, SOY YO.
¡¡HOLA!! ¿¿SE LO HA PENSADO MEJOR TU PADRE??

¡LO DIRÁS EN BROMA! SOLO QUERÍA COMPROBAR SI SABES QUE STACEY ESTÁ EN SU CASA. YO IBA EN BICI A CASA DE LOS PIKE, QUE ES DONDE ESTOY, PORQUE ME HAN LLAMADO PARA PEDIRME UNA BABY-SITTER ESTA MAÑANA, Y ME HA ADELANTADO EL COCHE DE LOS MCGILL. STACEY NO ME HA VISTO.

¿SEGURO QUE HAS VISTO A STACEY EN EL COCHE?
SEGURÍSIMO.

¡RING!
¿DIGA?

¡KRISTY! ¡DEJA YA EL TELÉFONO!
ES PARA TI.

AH... HOLA.

¿QUÉ? OH, NO. BUENO, ES QUE DAVID MICHAEL NO SE ENCUENTRA BIEN... ¿EL CLUB DE LAS BABY-SITTERS? SE LO PREGUNTO A KRISTY. VALE. VEINTE MINUTOS. IRÁ ALGUIEN.

KRISTY, HAY UNA PEQUEÑA URGENCIA. WATSON NECESITA AHORA MISMO UNA BABY-SITTER PARA EL RESTO DE LA TARDE.

LE HABRÍA DICHO QUE LOS TRAJERA, PERO ME DA MIEDO QUE DAVID MICHAEL LES CONTAGIE EL VIRUS.

¡AY, MAMÁ! ¡TENDRÉ QUE SER **YO**!

CAPÍTULO 12

RESULTÓ QUE LA EXMUJER DE WATSON SE HABÍA ROTO EL TOBILLO, Y ESTABA EN URGENCIAS.

WATSON TENÍA QUE IR POR ALGO DE LOS FORMULARIOS DEL SEGURO (CREO), Y LLEVARLA LUEGO A CASA, PORQUE EL FUTURO SEGUNDO MARIDO DE ELLA SE HABÍA IDO EL FIN DE SEMANA.

ESTOS SON ANDREW Y KAREN... CASI ES LA HORA DE COMER... CON CREMA DE CACAHUETE Y MERMELADA SERÁ SUFICIENTE. KAREN TE AYUDARÁ A ENCONTRARLO TODO.

ANDREW DUERME LA SIESTA SOBRE LAS 2:00.

ME GUSTARÍA ENSEÑARTE LA CASA, PERO TENDRÁ QUE HACERLO KAREN POR MÍ.

¿VALE, CIELO?
¡VALE!

KRISTY... GRACIAS. QUIERO QUE SEPAS QUE TE LO AGRADEZCO **MUCHO.**
... DE NADA...

¡HASTA LUEGO!

AINS

BUENO. ¿TENÉIS HAMBRE?
NOS **MORIMOS** DE HAMBRE. ¿SABES QUÉ HE DESAYUNADO? SOLO TOSTADAS. Y ZUMO DE NARANJA. QUERÍA POP-TARTS, PERO MAMÁ HA DICHO ...

¿Y **TÚ,** ANDREW, TIENES HAMBRE?
SÍ.

¡HOLA, BUBUÍTO! ES EL GATO DE PAPÁ. ES MUY VIEJO. ¿SABES QUE LA BRUJA DE AL LADO LE HA ECHADO DOS HECHIZOS?

MMM... VENGA, VAMOS A COMER.

¡¡... ÑAM, QUÉ BUENO!! MOLAS MUCHO DE BABY-SITTER. DAS BIEN DE COMER.
SÍ.

¿NUESTRA MAMI ESTÁ BIEN?

¡PUES CLARO! UN TOBILLO ROTO NO ES MUY GRAVE. TENDRÁ QUE IR ESCAYOLADA, PERO EN POCAS SEMANAS ESTARÁ MEJOR. ES DIVERTIDO IR ESCAYOLADA.
¿ALGUNA VEZ TE HAN ESCAYOLADO?

YO EL VERANO PASADO ME ROMPÍ EL TOBILLO, COMO VUESTRA MAMÁ.
¿CÓMO FUE?

HABÍA SALIDO A PASEAR A NUESTRO PERRO, LOUIE...
¿¿TIENES PERRO?? ¿PODRÉ VERLO ALGUNA VEZ?
SUPONGO. PUES ESO, QUE IBA EN MI BICI...

LOUIE CORRÍA AL LADO, CON LA CORREA. LLEGAMOS A UN ÁRBOL... LOUIE FUE POR UN LADO, YO POR EL OTRO Y... ¡ZAS!

¡¡JI, JI!!
¡JE!

TÚ ERES KRISTY, ¿NO?

SÍ.
¿TU MAMÁ ES ELIZABETH THOMAS?
EXACTO.

MI PAPÁ DICE QUE QUIERE A TU MAMÁ.
... ESO CREO.
SI SE CASAN, TU MAMÁ SERÁ MI MAMÁ.

MADRASTRA. ¿Y SABES QUÉ? QUE YO SERÍA TU HERMANASTRA, Y LA TUYA TAMBIÉN, ANDREW.
SÍ.

ESTARÍA BIEN, SUPONGO...

¿A TI TE GUSTA ESTAR DIVORCIADA, KRISTY?
NO ESPECIALMENTE.
¿POR QUÉ?

PORQUE NUNCA VEO A MI PADRE. SE FUE A VIVIR A CALIFORNIA, QUE ESTÁ MUY LEJOS.
OOH...

A NOSOTROS TAMPOCO NOS GUSTA ESTAR DIVORCIADOS, PERO AL MENOS VEMOS MUCHO A NUESTRO PAPÁ.
YA, YA LO SÉ.

NUESTRA MAMÁ VA A CASARSE OTRA VEZ. NOSOTROS NO QUEREMOS. ¿VERDAD, ANDREW?
SÍ.

¿NO QUERÉIS?
NO. QUEREMOS A NUESTROS PAPIS DE SIEMPRE. EN LA MISMA CASA.

TE ENTIENDO.

* SNIF *

¡LO SIENTO, ANDREW, LO SIENTO!
¿QUÉ PASA?

QUE NO LE GUSTA QUE HABLEN DE ESTAS COSAS. ME HAN PEDIDO QUE NO SAQUE EL TEMA.
AH...

¿QUÉ OS PARECE ALGO ESPECIAL DE POSTRE? ¡HELADO!
¡¿A MEDIODÍA?!
¡PUES CLARO! ¡LOS NIÑOS DIVORCIADOS SON ESPECIALES!

¿QUÉ TE PARECE, ANDREW?
VALE, ESTÁ BIEN.

¿MIAUU?

¡¡ESPERA!!
¿POR QUÉ?

NO DEJES QUE SALGA, ¿VALE?
ES QUE QUIERE. TIENE PERMISO.

¿ESTÁ EN CASA LA SEÑORA PORTER?
AH... NO LO SÉ.
¡QUÉ BIEN HABER LEÍDO EL CUADERNO DEL CLUB DE LAS CANGURO!

PUES MEJOR QUE SE QUEDE DENTRO HASTA QUE VUELVA VUESTRO PADRE, ¿VALE?
VALE.
NOSOTROS SÍ QUE PODEMOS SALIR.

PORQUE LOS NIÑOS DIVORCIADOS SON ESPECIALES.

¡LO HAS PILLADO!

¡«LO HAS PILLADO»! ¡QUÉ GRACIA!

MÁS TARDE.
¡HOLA!

¿CÓMO ESTÁ?
EN CASA, COJA, PERO POR LO DEMÁS MUY BIEN.

¿CÓMO HA IDO TODO?
MUY BIEN.
PAPÁ, ME GUSTA KRISTY.

¿TIENE QUE IRSE A SU CASA?
PUES... ¿ANDREW ESTÁ DURMIENDO?

SE HABRÁ DORMIDO HACE... CASI UNA HORA.
¿TE IMPORTA ESPERAR? NO CREO QUE LE FALTE MUCHO MÁS DE MEDIA HORA.

¿O PREFIERES QUE VENGA TU MADRE A BUSCARTE?
NO CREO QUE QUIERA DEJAR SOLO A DAVID MICHAEL. NO ME IMPORTA ESPERAR.

KRISTY...
ME GUSTARÍA QUE
YA FUERAS NUESTRA
HERMANASTRA
MAYOR.

BUENO... ¿QUÉ TE
PARECE SI SOY VUESTRA
BABY-SITTER?

ESTÁ
BIEN.
SÍ, ESTÁ
BIEN.

¿KRISTY?

¿QUÉ TAL EN CASA DE WATSON?
BIEN. SUS HIJOS SON MONOS. AUNQUE ANDREW CASI NO HABLA.

DICE KAREN QUE LO DEL DIVORCIO LO ANGUSTIA.
SÍ, ES VERDAD, PERO ES QUE SU HERMANA MAYOR ES TAN PARLANCHINA QUE ÉL CASI NO NECESITA DECIR NADA.

SÍ QUE HABLA, SÍ. ME HA PARECIDO MUY INTELIGENTE.

LO ES. ACABA DE EMPEZAR LA ESCUELA INFANTIL Y SU MAESTRA YA ESTÁ PENSANDO EN PASARLA A PRIMARIA DESPUÉS DE LAS VACACIONES DE NAVIDAD.
VAYA.

KRISTY, ¿SI WATSON VOLVIERA A NECESITARTE DE BABY-SITTER, ACEPTARÍAS?
BUENO, YA LE HE DICHO A KAREN QUE COMO AÚN NO PUEDO SER SU HERMANASTRA, AL MENOS SERÉ SU BABY-SITTER.

MAMÁ... ¿QUÉ PASARÁ CUANDO... MM... SI OS CASÁIS WATSON Y TÚ?

¿ANDREW Y KAREN VIVIRÍAN CON NOSOTROS? ¿VIVIRÍAMOS TODOS EN CASA DE WATSON? COMO ES TAN GRANDE...
¿TE MOLESTA QUE AÚN NO LO HAYAMOS PENSADO?
SÍ.

PUES... COMO NO CREO QUE CAMBIE LA CUSTODIA, ANDREW Y KAREN NO VIVIRÍAN CON NOSOTROS. SOLO ESTARÍAN DE VISITA.
Y AHORA MISMO LO MÁS PROBABLE ES QUE NOS VAYAMOS NOSOTROS A VIVIR CON WATSON... POR LA SENCILLA RAZÓN DE QUE HAY MÁS SITIO.

¡¡PERO YO NO QUIERO IRME!!
HE DICHO «PROBABLE», KRISTY.

VALE.
VENGA, VETE ACOSTANDO. BUENAS NOCHES, CARIÑO.

... NAS NOCHES.

CAPÍTULO 13

EL LUNES.
¿SABES QUÉ?
¿QUÉ?

EL SÁBADO CASI NO HABLÉ CON MI PADRE, PERO EL DOMINGO LE CONTÉ QUE VOY A GANAR MUCHO DINERO CON EL CLUB DE LAS CANGURO, Y LE PEDÍ PERMISO PARA GASTARME LA MITAD EN LO QUE QUISIERA, A CONDICIÓN DE PONER EL RESTO EN EL BANCO. ¡Y ME DIJO QUE SÍ!

¡¡O SEA, QUE SI HAY FIESTA PODRÉ IR!!
¡QUÉ BIEN!
¡HAS SIDO MUY VALIENTE!

¡PUES **YO** HE RECUPERADO CASI TODOS LOS DEBERES, Y HE SACADO UN NOTABLE ALTO EN LOS DIEZ PROBLEMAS DE MATES! LUEGO TAMBIÉN HE HABLADO CON MIS PADRES, LES HE DICHO QUE NO SOY JANINE Y ELLOS ME HAN DICHO QUE YA LO SABEN... PERO DESPUÉS DE CENAR DEBO GUARDAR UNA HORA PARA DEBERES... Y ELLOS O MIMI ME AYUDARÁN.

¡QUÉ BIEN! ESTOY ORGULLOSA DE NOSOTRAS. ¿VOSOTRAS NO?
¡PUES CLARO! ¿UN REGALIZ?

¿TÚ QUÉ TAL, EN NUEVA YORK, STACEY?

AH, BIEN.
FUI DE TIENDAS,
Y ME COMPRÉ ESTOS
PANTALONES.
MUY
BONITOS.

¿QUÉ
TAL TUS
AMIGAS?
BIEN.

PUES EL
SÁBADO PASÓ
ALGO RARÍSIMO.

POR LA MAÑANA MARY ANNE VIO
QUE VOLVÍAS CON TUS PADRES.
¿POR QUÉ LE PEDISTE A TU MADRE
QUE DIJERA QUE TE HABÍAS
QUEDADO EN NUEVA YORK?

¿LA ESTÁS
ACUSANDO DE
MENTIR?

... PUEDE.

¡KRISTY! PERO... PERO... ¡NO ME PUEDO CREER QUE LO HAYAS DICHO!

¡ES VERDAD! ¡NO TIENES NADA DE TACTO!

¿Y QUÉ OS PENSÁIS, QUE A MÍ ME GUSTA QUE ME MIENTAN? ¡ME HE SENTIDO TRATADA COMO UNA CRÍA!

¡ES QUE LO ERES! MIRA CÓMO VAS VESTIDA.

PUES **TÚ** LLEVAS UN ARCOÍRIS EN LA CAMISETA. ¿ESO ES ADULTO?

LOS ARCOÍRIS ESTÁN DE **MODA.**
¡¿Y A MÍ QUÉ?! NO TENGO TIEMPO DE ESTAR PENDIENTE DE ESAS COSAS.

¡PORQUE SIEMPRE ESTÁS JUGANDO CON MUÑECAS!
¡¡¿MUÑECAS?!! YO YA NO JUEGO CON MUÑECAS.

CLAUDIA... KRISTY NO QUERÍA DISGUSTAR A STACEY...

¿QUÉ NO QUERÍA DISGUSTARLA? ¡HA ACUSADO A SU MADRE DE MENTIR!
PERO BUENO, QUÉ LLORONA.

CON PERMISO, CHICAS.

ESTÁIS GRITANDO. ¿QUÉ PASA? ¿PUEDO AYUDAROS EN ALGO?
NO, MIMI. PERDONA.

¡RING!
EL CLUB DE LAS CANGURO, DÍGAME.

¿SÍ? ¿SÍ? VALE. VALE. SÍ, LA LLAMARÉ.

¿QUIÉN ESTÁ LIBRE EL JUEVES POR LA TARDE? ES UNA NIÑA DE SIETE AÑOS, CHARLOTTE JOHANSSEN, EN LA CALLE KIMBALL.

YO ESTOY LIBRE.
YO TAMBIÉN.
YO TAMBIÉN.
YO TAMBIÉN.

¿Y AHORA QUÉ?
ESO. ¿A QUIÉN SE LE OCURRIÓ LA TONTERÍA DEL CLUB?

¡¡COMO LA «TONTERÍA» SE ME OCURRIÓ A MÍ, LO HARÉ YO!!
¿HOLA? ¿DOCTOR JOHANSSEN?

VÁMONOS, MARY ANNE, QUE YA VEO QUE SOBRAMOS.
KRISTY...

NO TE ESFUERCES. DE MOMENTO CONTIGO NO HABLO.

POR LA NOCHE...
¡¡GRRR!! ¡¡ARRR!!
PUM
PUM

¡PLAM!
¡¡SORPRESA!!

¿QUÉ PASA?

DÍSELO TÚ.

¡HE ACEPTADO COMPROME-
TERME!

VAYA.
¡QUÉ BONITO!
¡SIGNIFICA QUE WATSON SERÁ VUESTRO PADRASTRO!

¡¡¡YUPI!!!

¿CUÁNDO SERÁ LA BODA?
UY, DENTRO DE MUCHOS MESES.

¡... UF!

CAPÍTULO 14

INSTITUTO
STONEYBROOK
FIESTAS DE OTOÑO
3 DE OCTUBRE

¿CLAUDIA?

HMM.

¿AÚN QUIERES QUE SE REÚNA EL CLUB MAÑANA?

SUPONGO... SÍ.
VALE... PUES HASTA ENTONCES.
ADIÓS.

ESA NOCHE, PARA VARIAR, FUIMOS MAMÁ, MIS HERMANOS Y YO A CENAR A CASA DE WATSON.

O SEA, QUE TENDRÉ TRES HERMANASTROS MAYORES, UNA HERMANASTRA MAYOR...

UNA NUEVA MADRASTRA... UN NUEVO PERRASTRO...

¡A CENAR!

SE COGE
UN TROZO DE PAN
Y UN TENEDOR...

SE PINCHA LA
CORTEZA CON EL
TENEDOR...

¡Y LUEGO
SE METE EN EL
QUESO!

MMM.
Y SI SE
TE CAE EL PAN
EN EL QUESO...
TIENES QUE DARLE
UN BESO A LA
PERSONA DE LA
IZQUIERDA.

¡BEH!
¡QUÉ
ASCO!
¡SI SE TE CAE
QUESO EN EL MANTEL,
TE PASAS DOS MINUTOS
SIN PODER COMER!
¡SI HACES
QUE SE LE CAIGA
A ALGUIEN EL PAN
DEL TENEDOR, TIENES QUE
HACER TODA LA NOCHE
LO QUE TE PIDA!

FRUS
FRUS

PLOP

SPLASH

¡OOOOH! ¡KRISTYYYY!
¡JA, JA, JA!

¡UN BESO A PAPÁ! ¡UN BESO A PAPÁ!

¡¡HALA!!
¡JA, JA, JA,
JEE, JEE!

SUPONGO QUE PODRÍA HABER SIDO UN POCO MENOS **ANTIPÁTICA** CON LO DEL BESO...

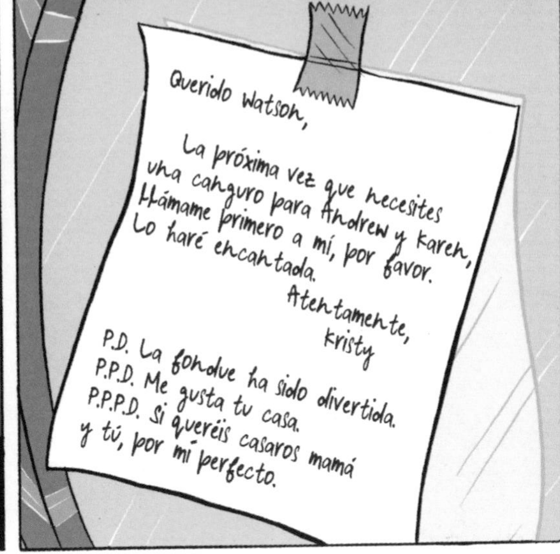
Querido Watson,
La próxima vez que necesites una canguro para Andrew y Karen, llámame primero a mí, por favor. Lo haré encantada.
Atentamente,
Kristy
P.D. La fondue ha sido divertida.
P.P.D. Me gusta tu casa.
P.P.P.D. Si queréis casaros mamá y tú, por mí perfecto.

EL MIÉRCOLES
POR LA TARDE.

SIENTO MUCHO LO QUE DIJE, Y HABER GRITADO.
NO PASA NADA.

A MÍ ME DISGUSTA HABER MENTIDO.

CLAUDIA, ¿SOLO SIENTES HABER HECHO LLORAR A MARY ANNE, O HABERME GRITADO A MÍ?

KRISTY, SIENTO MUCHO HABER PERDIDO LOS PAPELES, DE VERDAD, PERO ES QUE ME HICISTE ENFADAR.
¿POR QUÉ?

YA LO SABES.

METIÉNDOME EN LO QUE NO ME IMPORTA. SIENDO UNA BOCAZAS.
SÍ.

BUENO, PERO YO MENTÍ.
PERO SIN HACERLE DAÑO A NADIE, Y SEGURO QUE POR ALGÚN BUEN MOTIVO, PORQUE TU MADRE TE SIGUIÓ LA CORRIENTE.

EN TODO CASO, ERES MI AMIGA Y NO QUIERO QUE TE HAGA NADIE DAÑO.

PERO YO TAMBIÉN SOY TU AMIGA.
SÍ... Y NO ME GUSTA QUE MIS AMIGAS SEAN MALEDUCADAS.

SI NO FUERAS AMIGA MÍA, NO VALDRÍA LA PENA ENFADARME.

BUENO... A MÍ NO ME GUSTA QUE ME MIENTAN, Y TENGO DERECHO A DECIRLO.

PERO... VOY A INTENTAR TENER LA BOCA CERRADA DESDE AHORA. CREO.

MI BOCA SIEMPRE ME METE EN PROBLEMAS... PREGUNTÁDSELO A MI MADRE.

¡O A CUALQUIERA!

¡RING!
¡EL CLUB DE LAS CANGURO... BUENAS TARDES!

POCO DESPUÉS...
AHORA QUE ESTÁ TODO RESUELTO... CREO QUE DEBERÍAMOS VOLVER A INTENTAR LO DE LA FIESTA.

STACEY... POR TU RÉGIMEN NO TE PREOCUPES, DE VERDAD. EN LA PIZZERÍA HACEN UNAS ENSALADAS BUENÍSIMAS.

Y... LA FIESTA PUEDE SER EN **MI** CASA.

¡¡VALE!! ¡IRÉ!
¡¡BIEN!!

¡PUES CLARO QUE PUEDES HACER AQUÍ LA FIESTA, CARIÑO!
¿Y PUEDEN QUEDARSE TODAS A DORMIR?

CLARO. A MÍ ME GUSTA EL CLUB DE LAS CANGURO.

A FIN DE CUENTAS... TE HA UNIDO MÁS A WATSON.
¿VA BIEN EL SÁBADO?

Y ASÍ...

¡NO DORMÍA EN UN SACO DESDE QUE VIVÍA EN NUEVA YORK!
¡QUÉ SUERTE QUE AÚN PUEDAS IR TAN A MENUDO!

AINS
N.Y.C

CHICAS, TENGO QUE CONTAROS ALGO.
¿QUÉ?

¿SABÉIS LO DEL RÉGIMEN? ¿Y LOS VIAJES A NUEVA YORK? PUES SON PARA IR AL MÉDICO. A VECES TENGO QUE QUEDARME UNA NOCHE.

OH, STACEY, LO SABÍA... ERES ANORÉXICA, ¿VERDAD?

¿¿ANORÉXICA?? NO, SOY... DIABÉTICA.

¡OH, STACEY!
¡¿DIABÉTICA?! ¿Y YA ESTÁ?

¿CÓMO QUÉ **YA ESTÁ?** ¿QUÉ QUIERES DECIR?

PUES QUE... ¿POR QUÉ NO NOS LO HABÍAS DICHO ANTES? MI PRIMO ROBIN TAMBIÉN ES DIABÉTICO. ES UN PROBLEMA CON EL AZÚCAR QUE HACE QUE EL CUERPO NO LO PROCESE COMO LAS DEMÁS PERSONAS. SI FALTA, O SOBRA, PUEDE SER PELIGROSO, ¿VERDAD?

Y PROBABLEMENTE TENGAS QUE INYECTARTE CADA DÍA INSULINA. ES UN ASCO, PERO... VAYA, QUE NO ERES UN BICHO RARO, NI NADA DE ESO. YA NO TE OFRECEREMOS CHUCHES, ¿VALE?
PERO... ¿OS DA IGUAL?

NO, CLARO QUE NO.

ME REFIERO A SI NO OS MOLESTA.
NO. ¿POR QUÉ NOS IBA A MOLESTAR?

NO SÉ. MI MADRE HACE COMO SI FUERA UNA ESPECIE DE MALDICIÓN. LOS NIÑOS DE MI ESCUELA DE ANTES EMPEZARON A TOMARME EL PELO POR LO QUE COMÍA, Y PORQUE ME DESMAYÉ UN PAR DE VECES.

ENTONCES MAMÁ DECIDIÓ QUE VINIÉRAMOS A «UN PUEBLO TRANQUILO»... TRAERME A UN SITIO TRANQUILO Y CIVILIZADO, VAYA.
¿¿POR ESO VINISTEIS A VIVIR AQUÍ??

SÍ. BUENO, EN PARTE.
VAYA.

ASÍ QUE PENSÉ QUE ERA MEJOR DISIMULAR LO QUE ME PASA. INSTALARNOS AQUÍ PARECÍA UNA OPORTUNIDAD PARA EMPEZAR DE CERO.
N.Y.C

PERO HA SIDO PEOR **NO** DECÍROSLO QUE CONTÁRSELO A MIS AMIGOS DE ANTES.

BUENO... NO HACE FALTA QUE SE LO CUENTES A **TODOS.** NOSOTRAS LO SABEMOS, PERO TE VEMOS MÁS QUE NADIE.

NO ES NECESARIO DIVULGARLO... PERO TAMPOCO MENTIR.
ES VERDAD.

GRACIAS, CHICAS.

CREO QUE DEBERÍAMOS QUEDARNOS JUNTAS A DORMIR UNA VEZ AL MES.
N.Y.C.

ESO; Y CUANDO SE CASEN MAMÁ Y WATSON, LO HAREMOS EN CASA DE ÉL.

¡¿CUANDO SE **CASEN** TU MADRE Y WATSON?!

¡AH, ES VERDAD! ¡AÚN NO OS LO HE DICHO!

TOC
TOC

¡HOLA, CHICAS! ME HA PEDIDO MAMÁ QUE OS TRAIGA ESTO... TRANQUILAS, QUE NO VOY A ENTRAR...

¡¡TU HERMANO ES MONÍSIMO, KRISTY!!
SUPONGO.

¿A TI TE GUSTA ALGÚN CHICO, KRISTY?

¿QUÉ...?
¡¡CHIIIST!! ¿LO HABÉIS OÍDO?
¿EL QUÉ?

¡EN LA VENTANA!

NO HABRÁ SIDO NADA.

¡CLIC!

¿¿CUÁNDO HABÉIS PASADO MÁS MIEDO HACIENDO DE BABY-SITTER??

ME SENTÍA DELICIOSAMENTE ASUSTADA... Y CONTENTA.

VOLVÍAMOS
A SER AMIGAS.

NUESTRO CLUB ERA UN ÉXITO,
Y YO, KRISTY THOMAS,
LO HABÍA HECHO FUNCIONAR...
O AYUDADO A QUE FUNCIONASE.

OJALÁ QUE MARY ANNE,
CLAUDIA, STACEY Y YO
–EL CLUB DE LAS
CANGURO– SIGAMOS
JUNTAS MUCHO TIEMPO.

ANN M. MARTIN creció en Princeton, Nueva Jersey, con sus padres y su hermana menor, Jane.
Después de graduarse de Smith College, trabajó como maestra y editora de libros infantiles. Ahora es escritora a tiempo completo.
Ann obtiene las ideas para sus libros de muchos lugares. Algunos libros están inspirados en recuerdos y sentimientos de su infancia mientras que otros no se basan en experiencias personales. Todos los personajes de Ann, incluidas las chicas de *El Club de las Baby-sitters,* son una mezcla de realidad y ficción.
Después de vivir en la ciudad de Nueva York durante muchos años, Ann se mudó al Valle de Hudson en el estado de Nueva York. Vive con sus gatos, Gussie, Pippin y Simon.

RAINA TELGEMEIER se crio en San Francisco y luego se trasladó a Nueva York, donde obtuvo una licenciatura en ilustración en la School of Visual Arts. Su primer título, *¡Sonríe!,* una novela gráfica de gran éxito basada en su infancia, entró en la lista de los más vendidos del *New York Times* y ganó un premio Eisner en la categoría de mejor publicación para adolescentes. Con *Hermanas,* basada en la tormentosa relación con su hermana pequeña, ganó su segundo premio Eisner esta vez como mejor autora. Raina también ha escrito *Drama,* que ha sido publicado en MAEVAyoung y *Fantasmas,* que será publicado próximamente. Su adaptación a novela gráfica de la colección *El Club de las Baby-sitters* de Ann. M. Martin fue seleccionada por la Asociación de Servicios Bibliotecarios Juveniles (Yalsa) para la lista de «Grandes novelas gráficas para adolescentes».
Raina vive en Astoria, Nueva York, con su marido, Dave Roman, también dibujante de cómic. Para saber más sobre ella, puedes visitar su página web www.goRaina.com

Próximamente podrás leer las nuevas aventuras de

EL CLUB de LAS BABY-SITTERS

El secreto de Stacey

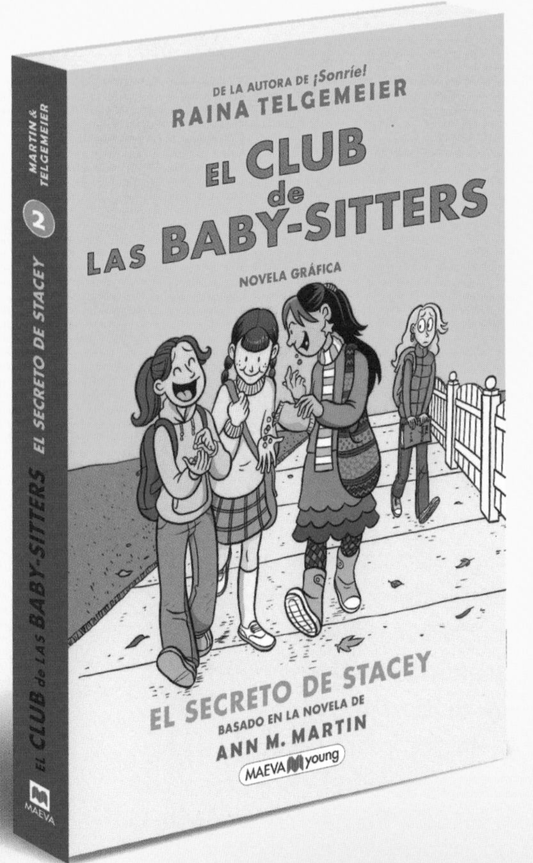

¡Pobre Stacey! Acaba de mudarse de ciudad, está acostumbrándose a su diabetes y, por si eso fuera poco, no dejan de surgir contratiempos en su trabajo de baby-sitter. Por suerte tiene tres nuevas amigas: Kristy, Claudia y Mary Anne. Juntas forman El Club de las Baby-sitters, capaces de enfrentarse a cualquier problema... ¡incluso a otro club que quiere hacerles la competencia!

¿TE VAS A PERDER LAS NUEVAS AVENTURAS DE LAS CHICAS BABY-SITTERS?

¡Otras novelas gráficas con unas protagonistas divertidas e inolvidables!

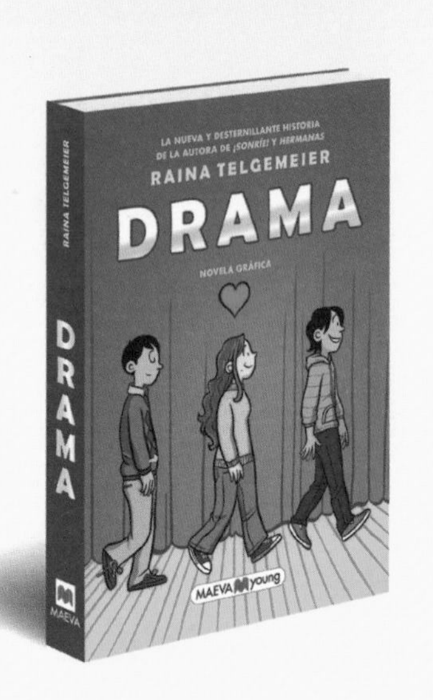

DRAMA

A Callie le encanta el teatro. Por eso, cuando le ofrecen un puesto como escenógrafa, no duda en aceptar. Su misión será crear unos decorados dignos de Broadway. Pero las entradas no se venden, los miembros del equipo son incapaces de trabajar juntos y, para colmo, cuando dos hermanos monísimos entran en escena, la cosa se complica todavia más.

¡Sonríe!

Esta es la historia real de Raina que una noche, tras una reunión de los scouts, se tropieza y se rompe los paletos. Los meses siguientes serán una tortura para ella: se verá obligada a pasar por una operación, ponerse brackets e incluso dientes falsos. Pero además tendrá que «sobrevivir» a un terremoto, a los primeros amores y a algunas amigas que resultan no serlo tanto.

¡Sonríe!

Premio Eisner 2011 a la mejor publicación para jóvenes

Hermanas

Raina siempre había querido tener una hermana, pero cuando nació Amara las cosas no salieron como esperaba. A través de flashbacks, Raina relata los diversos encontronazos con su hermana pequeña, quejica y solitaria. Pero un largo viaje en coche desde San Francisco a Colorado puede que le brinde la oportunidad de acercarse a ella. Al fin y al cabo, son hermanas.

Raina Telgemeier

Ganadora del premio Eisner 2015 al Mejor escritor e ilustrador

Super Sorda

Cece Bell

Ganadora del premio Eisner 2017
al Mejor escritor e ilustrador

Cece desea encajar y encontrar un amigo de verdad. Tras un montón de problemas, descubre cómo aprovechar el poder de su Phonic Ear, el enorme audífono que debe llevar tras haber perdido la audición a los cinco años. Así se convierte en SuperSorda. Una heroína con mucho humor que conseguirá encontrar su lugar en el mundo y la amistad que tanto ansiaba.

Sobre Patines

Astrid siempre ha hecho todo junto con Nicole. Por eso, cuando se inscribe en un campamento de roller derby está segura de que su amiga irá con ella. Pero Nicole se apunta al campamento de ballet ¡con la cursi de Rachel! Entre caídas, tintes de pelo de color azul, entrenamientos secretos y alguna que otra desilusión este será el verano más emocionante de la vida de Astrid.

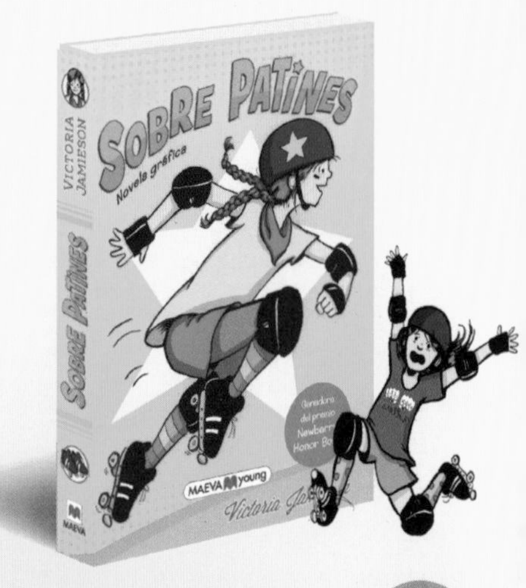

Victoria Jamieson

Ganadora del premio Newberry
Honor Book de 2016